Die vier Lebenszeiten

Ich widme dieses Buch den Frauen, die mein Leben nachhaltig geprägt und/oder beeinflusst haben.
All diejenigen, welchen ich seelischen Schmerz zugefügt habe, bitte ich um Verzeihung.

Juergen von Rehberg

Die vier Lebenszeiten

Eine Zeitreise von der Geburt
bis hin zu den Gefilden des Alters
und der Möglichkeit aufkommender
Selbsterkenntnis

Bibliografische Information der Deutschen National-bibliothek:
Die Deutsche Nationalbibliothek verzeichnet diese Publikation in der Deutschen Nationalbibliografie; detaillierte bibliografische Daten sind im Internet über http://dnb.dnb.de abrufbar.

Herstellung und Verlag: BoD – Books on Demand, Norderstedt

ISBN: 978-3-7347-4670-3

Inhaltsverzeichnis

Frühling

Ein Stimmengewirr stört meine Ruhe.

Es handelt sich um drei Frauen. Eine davon klingt ziemlich aufgeregt:

„Sagen Sie ihr, sie soll hinaus gehen!"

Die zweite Stimme daraufhin beharrlich:

„Ich möchte aber dabei sein; ich verhalte mich auch ganz ruhig..."

Die zuerst angesprochene Stimme sanft; aber dennoch bestimmt:

„Luise, bitte geh hinaus!"

Luise - mit einer Mischung aus Wut und Enttäuschung - verlässt das Zimmer.

Die dritte Stimme gehört Frau Emma Müller, ihres Zeichens Hebamme und im ganzen Dorf als „Storchenmutter" bekannt. Eine resolute, vollleibige Frau mit einem gütigen Gesichtsausdruck, die alles verträgt; nur keinen Wiederspruch.

Die erste Stimme gehört meiner Mutter Charlotte, dreiunddreißig Jahre und 364 Tage alt und in diesem Augenblick in höchster Erregung befindlich.

Und die zweite Stimme gehört Tante Luise, Mutters älterer Schwester, achtunddreißig Jahre alt und Haushaltsvorstand.

Die beiden Schwestern leben allein im elterlichen Haus. Der Vater ist im Krieg geblieben und die Mutter ist verstorben.

Es ist vier Tage vor Heilig Abend und die vorweihnachtliche Stimmung ist eher gedämpft und wenig erwartungsvoll. Es sollten die letzten Kriegsweihnachten werden, was aber zu diesem Zeitpunkt noch keiner weiß. Der unselige Irre, der ganz Europa in tiefstes Unglück gestürzt hat, hat sich der Verantwortung eilig entzogen und die noch Lebenden – meist Alte, Frauen und Kinder – haben nur einen einzigen Wunsch: Endlich Frieden…

Nachdem Tante Luise murrend das Zimmer verlassen hat, beschließe ich mir die Angelegenheit etwas näher anzusehen und verlasse die wohlige Höhle in Mutters Bauch. Ich trete entschlossen ins Leben; genauer gesagt, ich gleite hinein. Die Storchenmutter gibt mir zur Begrüßung einen Klaps auf den Popo und ich begrüße die Welt mit einem lauten Schrei.

Das ist das Signal für Tante Luise. Sie tritt ins Zimmer, bewaffnet mit einer gusseisernen Pfanne, in welcher ein Stück Fleisch liegt, das einen intensiven Bratgeruch vor sich her schiebt. Mit selbiger eilt sie zielstrebig auf mich und meine erschöpfte Mutter zu. Da mein Gebiss zu jener Stunde sich noch in der Planungsphase befindet, analysiere ich folgerichtig, dass das Stück Fleisch wohl für meine Mutter gedacht ist…

„Ich habe dir ein schönes Stück Fleisch gebraten", kündet Tante Luise freudig der Schwester mit, *„das wird dir Kraft geben!"*

Ich liege auf meiner Mutter Brust und starre in das entsetzte Gesicht der Storchenmutter.

8

„Bist du von allen guten Geistern verlassen?", fährt diese die Tante an, *„bring das sofort wieder hinaus!"*

Die Mutter, mit einem heftigen Würgen beschäftigt, kann in diesem Augenblick zu dem Vorfall nicht Stellung nehmen. Sie braucht alle Kraft, damit ihr Magen nicht etwas von sich gibt, was er gar nicht in sich hat.
Tante Luise versteht die Welt nicht mehr. Sieht so die Dankbarkeit gegenüber einer fürsorglichen Schwester aus? Ganz sicher nicht. Sie verlässt das Zimmer mit einem roten Kopf und beschließt für lange Zeit nicht mehr mit ihrer Schwester zu reden.

Dieser Entschluss hält jedoch nur für eine kurze Weile. Als meine Mutter wenige Minuten nach ihrer Schwester ruft, erscheint diese unverzüglich. Der Geschwindigkeit nach zu urteilen, muss sie direkt vor der Türe gestanden haben. Tante Luise und ich, wir verstehen uns auf Anhieb. Sie strahlt mich so glückserfüllt an, dass ich daraus schließen kann, sie fortan leicht manipulieren zu können.

Der Beginn meines Erdendaseins war ganz schön aufregend; wenn auch einen Tag zu früh. Eigentlich hatte man mich für morgen erwartet, weil da der Geburtstag meiner Mutter ist. Die beiden Schwestern haben die Hebamme auch massiv bedrängt mein Geburtsdatum auf den nächsten Tag zu fälschen. Gott sei Dank hat die Storchenmutter mit ihrem klaren *„NEIN"* dieses Ansinnen von sich gewiesen. In was für ein kriminelles Milieu bin ich denn da hinein geraten? Das Leben hätte so schön sein können, hätte es da nicht das Problem mit meiner Ernährung gegeben…

Die Brustwarzen meiner Mutter hatten sich entzündet und das hatte zur Folge, dass die Milchbar bis auf weiteres geschlossen blieb. Fortan hieß es Kuhmilch trinken. Ich mag aber keine Kuhmilch; mir graust davor. Dennoch würge ich sie hinunter; bewahrt sie mich doch vor dem allzu frühen Dahinscheiden.

Geld spielt in diesen Zeiten eine untergeordnete Rolle. Schmuck, Gold und Leinen heißt die neue Währung. Um Milch vom Bauern zu bekommen, der in der Nachbarschaft wohnt, muss man damit bezahlen. So wechseln Uhren, Ringe, Goldmünzen, Bett- und Tischwäsche den Besitzer. Und obwohl in dem kleinen Dorf jeder jeden kennt, hat man keinerlei Skrupel den in Not geratenen Menschen all diese Dinge abzunehmen. Und Moral ist ein in den Kriegsjahren abhanden gekommener Luxus.

Die Angriffe alliierter Flieger haben in letzter Zeit zugenommen. Das liegt wohl daran, dass sich in einem Hügel über dem Fluss ein Stollen befindet, in welchem polnische Häftlinge Flugzeugmunition herstellen. Die Anflugschneise führt über unser Haus hinweg und der Stollen liegt Luftlinie ca. 2 bis 3 km entfernt von uns. Über den Fluss führt eine Eisenbahnbrücke, die zerstört werden soll. Trotz immer wieder geflogener Angriffe haben es die Amis nicht geschafft die Brücke zu zerstören. Na ja, was das betrifft, so kennt man das ja zur Genüge: Anspruch und Wirklichkeit sind und waren selten deckungsgleich bei diesem Volk…

Was sie jedoch getroffen haben, das ist unser Haus. Mehrere Geschosse aus Bordkanonen sind in die Haus wand eingeschlagen und eines hat es sogar bis ins Schlafzimmer im oberen Stock geschafft. Knapp über dem Fußboden schaut es keck durch die Lamperie hindurch. Hier stellt sich die berechtigte Frage, ob es ganz einfach fliegerisches Unvermögen ist oder die simple Lust, nach Cowboy-Manier herum zu ballern. So frei nach dem Lied, das Dean Martin in dem John Wayn Film „Rio Bravo" gesungen hat: *„My Rifle, my pony and me!"*

Bei jedem Fliegeralarm heißt es in den nahe gelegenen Luftschutzbunker eilen, und wenn die Zeit zu knapp ist, dann geht es hinunter in den hauseigenen Keller. An Bewegungsmangel kann ich in diesen Tagen nicht klagen. Das wäre an sich nicht weiter problematisch, wenn da nicht die gaffenden Mitbürger wären. *„Ach Gott, ist der süß."* *„Und so brav."* *„Ist das deiner, Charlotte?"*

Ja, ich bin süß und ja, ich bin brav und ja, ich bin Charlottes Sohn. Und nein, ich bin nicht der Sohn der Jungfrau Maria und nein, der Klapperstorch hat mich nicht gebracht. Und ja, das Getue der Kinderwagengaffer nervt gewaltig…

Die Lage im Dorf verbessert sich schlagartig, als die Amis ins Dorf kommen. Nicht nur, dass die ständigen Fliegeralarme ausbleiben und die Angst der Hoffnung Platz macht, tut sich uns eine Quelle auf, welche das Leben enorm verbessert. Die Quelle ist ein *„Earl"* aus den Vereinigten Staaten von Amerika. Hierbei handelt es sich nicht um ein Mitglied des Adels, sondern um einen *„GI"* der Befreier, der ganz einfach *„Earl"* heißt, also zu Deutsch: *„Herzog".* Er hat an Tante Luise einen

11

Narren gefressen und bringt bei jedem Besuch Lebensmittel mit. Wie er dazu kommt, soll ein Geheimnis bleiben…

Als die Amerikaner ins Dorf einmarschieren, besetzen sie rücksichtslos die Häuser der Eingeborenen. Das geht folgendermaßen vor sich: ein kleiner Trupp Befreier mit geladener Waffe im Anschlag und einem übergeordneten Dienstgrad gehen in die Häuser, besichtigen die räumlichen Begebenheiten und machen Notizen. Ach ja, fast hätte ich es vergessen; sie machen das auf sehr rustikale Art und Weise. Der Ton, den sie dabei anschlagen ist nicht sehr freundlich; dafür aber sehr laut. Wahrscheinlich haben sie vor den bösen Bewohnern mehr Angst als die eingeschüchterte Bevölkerung vor ihnen. Dabei handelt es sich hierbei nur um Frauen, Kinder und alte Menschen. Die Männer im wehrhaften Alter sind ja in Kriegsgefangenschaft oder gefallen…

Als es an unsere Haustür pocht, hat Tante Luise alle notwendigen Vorkehrungen getroffen. Im Keller steht ein Holzgerüst, auf welchem unsere Kartoffeln lagern bzw. früher gelagert haben. Jetzt gibt es ja keine mehr. Was jedoch noch vorhanden ist, das ist die durchlöcherte, modrige Steppdecke, mit welcher die Kartoffeln im Winter vor Frost geschützt wurden. Dieses Schmuckstück liegt jetzt aufgebreitet auf dem Doppelbett der Großeltern im ersten Stock.

Aber auch ich trage meinen Teil zum Unternehmen „*Ami go home!*" bei. Meine körperlichen Ausscheidungen werden gesammelt und dienen als Geheimwaffe. Als der Requirierungstrupp eintrifft, sitze ich auf meinem wohl gefüllten Töpfchen in der Küche uns strahle mit unschuldiger Miene die Befreier aus Übersee an.

Mutter und Tante Luise haben ihr Gesicht und ihre Hände angeschmutzt und ihr Arbeitskleidung etwas in Unordnung gebracht. Der Vorgesetzte der Truppe ist entsetzt über den Anblick von Mensch und Material und mit dem mehrfach ausgebrachen Wort „*dirty*" wendet er sich abrupt ab und verlässt mit seinen Kameraden das Haus.

Wir wissen zwar nicht, was nun folgen wird, aber wir genießen unseren errungenen Sieg über den ehemaligen Feind. Sie sind zwar unsere Befreier und wir sind auch dankbar dafür; aber so mir nichts dir nichts kann man ja Menschen nicht vom Feind zum Freund umstülpen. Das braucht alles seine Zeit…

Nachdem in den Folgetagen keine Amis mehr unser Haus betreten, außer dem lieben Earl natürlich, haben wir die Gewissheit, dass wir die alleinigen Bewohner bleiben werden. Tante Luise lebe hoch; sie ist einfach der größte Wiffzack aller Zeiten!

So vergehen die Tage und ich wachse heran. Ich habe mich gut entwickelt und meine Erscheinung kann man ruhigen Gewissens durchaus als angenehm bezeichnen. Mein Kosename ist „*Sonnenschein*" und das ist absolut zutreffend. Wir verstehen uns gut und unser Zusammenleben ist harmoniedurchzogen. Das ändert sich schlagartig, als ich in den Kindergarten abgeschoben werde.

Die Begründung dafür, dass Mutter arbeiten gehen muss und dass der Besuch des Kindergartens auch eine soziale Komponente beinhaltet (geregelte Strukturen, Umgang mit anderen Menschen, einordnen uns so ein Quatsch), vermag mich nicht zu überzeugen. Dennoch beuge ich mich und schaue mir die leidige Angelegenheit aus der Nähe an.

Zugegeben, die haben dort schöne Spielsachen und die Bastelarbeiten und die gemeinsamen Spiele sind nicht übel; aber meine Freiheit wäre mir dennoch lieber. Was mich aber total stört, das ist Schwester Else. Eine uralte Frau, ich schätze um die fünfzig, hat hier das Sagen. Sie kann nur schimpfen und streng schauen; aber lächeln wie Mutter und Tante Luise kann sie nicht. Das vermisse ich.

Was als positiv zu bezeichnen ist, das ist die Bildung, die man uns vermittelt. So lernen wir z.B., dass es viele Heiden auf der Welt gibt. Das sind arme Menschen, die keinen Heiland haben, so wie wir. Aber dafür gibt es Missionen in Afrika bei den Negern. Dort werden die Heidenkinder missioniert.

Das heißt, die Männer von der Kirche bringen den Heiden den Heiland bei. Und dafür wird Geld gesammelt. Gleich neben der Zimmertüre im Kindergarten steht auf einem kleinen Tisch das *„Missionsnegerlein"*. Das ist eine schwarze Figur aus Gips mit einem Schlitz im Kopf. Wenn man dort eine Münze hinein wirft, dann wackelt der Kopf des Negerleins, so als wolle es sich bedanken. Das ist sehr lustig und alle mögen das total gern.

Brave Kindergartenkinder bekommen manchmal ein Heiligenbild geschenkt. Es ist etwa vier Mal so groß wie eine Briefmarke und ebenso gezackt. Unter einem frommen Bild ist ein ebenso frommer Spruch zu lesen.

Es handelt sich hierbei offenkundig um einen Marketing-Gag der Kirche…

Ein solches Bild wird eines Tages Auslöser für eine heftige Kontroverse. Ein sommersprossiger, unsympathischer Mitinsasse des Kindergartens aus dem Nachbarort entreißt mir mein Heiligenbild, was zwischen ihm und mir zu einer heftigen Auseinandersetzung führt. Schwester Else stellt mich darauf hin zur Strafe in die Ecke.

Da stehe ich nun, starre auf die Wand und fühle, wie mir das Blut in den Kopf schießt. Ich bin nicht bereit eine solche Ungerechtigkeit zu tolerieren und teile das der Mutter am Abend auch explizit mit. Desweiteren tue ich kund, dass ich mich weigere weiter den Kindergarten zu besuchen. Die Art meines selbstbewussten Auftretens bewegt die Mutter meinen Standpunkt zu akzeptieren. Ich koste diesen doch eher unerwarteten Sieg voll aus und gehe herrlichen Zeiten entgegen.

Seit einiger Zeit bekomme ich in regelmäßigen Abständen starke Halsschmerzen bzw. Schluckbeschwerden. Der Herr Doktor meint, da könnte auf Dauer nur die Entfernung der Mandeln Abhilfe schaffen. Das führt dazu, dass ich in ein Krankenhaus komme, welches im Volksmund nur „Idiotenanstalt" heißt. Und das rührt daher, dass dort geistig behinderte Menschen eingesperrt sind. Ein kleiner Teil der Anstalt ist für die Kinderchirurgie abgezweigt. Es ist ein schwerer Gang für mich; war ich doch noch nie zuvor von Mutter und Tante Luise getrennt.

Die Operation ist heftig; ich werde sie wohl mein ganzes späteres Leben nie mehr vergessen. Ich sitze in einem Art Frisörstuhl mit schräger Rückenlehne. Hinter mir steht eine Krankenschwester mit einem bedrohlich großen Busen. Und zwischen diesem hält sie meinen kleinen Kopf gepresst, wobei ihre Hände meine Stirn fest umfassen.

Der Herr Doktor heißt mich meinen Mund weit zu öffnen und dann steckt er mir ein Gerät hinein, welches das Schließen meines Mundes verhindert. Jetzt kommt es knüppeldick. Er nimmt eine Spritze, welche mindestens so lang ist wie das Brotmesser bei uns zuhause und führt sie vor meinen weit aufgerissenen Augen in die Mundhöhle ein. Dann piekst es drei, viermal.

Ich wünsche mir in diesem Augenblick nichts sehnlicher, als dass ich ohnmächtig werde; es funktioniert aber nicht. Ich bekomme alle Zustände; aber ein Entrinnen ist nicht möglich. Je mehr ich versuche meinen Kopf von dem Unheil abzuwenden, umso mehr schließt sich der Klammergriff des Busenmonsters um meine Stirn.

Was ich gerade gesehen habe, war schon sehr schlimm. Aber was ich anschließend zu hören bekomme, wird sich lebenslang tief in meine kleine, geschundene Seele einbrennen. Es ist das Geräusch des Reibens der Schnittflächen einer Schere aneinander, das erzeugt wird, als der medizinische Metzgermeister die Mandeln von der Rachenhöhle abtrennt.

Das Geräusch dringt durch Mark und Bein. Durch einen Tränenschleier hindurch kann ich erkennen, wie der Herr Doktor das Beutestück in eine Schale aus Metall legt und dann desinfiziert er noch die Wunde, bevor er von mir ablässt.

Die Krankenschwester entlässt mich aus ihrem Klammergriff und eine andere Schwester bringt mich in mein Zimmer. Die liebevoll geheuchelten Worte und das dazu gehörige Lächeln von Arzt und Krankenschwester habe ich demonstrativ ignoriert. Ich bin am Boden zerstört und ich möchte nur noch nach Hause. Das geht aber nicht, denn ich muss noch einige Tage im Krankenhaus verweilen.

Ich liege in einem Dreibettzimmer mit zwei alten Männern zusammen. Der eine ist so Mitte, Ende Zwanzig und der andere Dreißig plus. Die erste Nacht wird zum Horror. Das Gefühl des unglücklich und verlassen Seins ist größer als meine Heldenhaftigkeit und so weine ich leise in mein Kissen. Hinzu kommen noch die Schmerzen, denn das Schlucken tut jetzt noch mehr weh, als vor der Operation.

Der jüngere von den beiden Bettgenossen droht mir mich aus dem Fenster zu werfen, wenn ich mit der Heulerei nicht aufhöre. Der andere bekundet mir, dass das nicht so gemeint sei und dass ich mich nicht fürchten müsse. Das hilft aber nicht. Eines meiner fehlgeleiteten Gene ist eine mit Naivität versetzte Leichtgläubigkeit, die mich von Geburt an bis ins hohe Alter begleiten wird. Das hat zur Folge, dass ich mich keine Nacht getraue zu schlafen und dass ich das Schlafdefizit am Tage nachhole.

Die Mutter und Tante Luise sind jedes Mal hoch erstaunt, wenn sie mich besuchen kommen, weil ich immer wieder einschlafe. Sie beruhigen sich jedoch damit, dass dies wohl auf die Folgen der schweren Operation zurück zu führen sei. Den wahren Grund habe ich ihnen tunlichst verschwiegen, hat mir der böse Mensch doch verboten irgendjemandem von seiner Drohung zu erzählen.

Am Tag meiner Entlassung bin ich sichtlich erleichtert, dass ich die Nächte unbeschadet überstanden habe. Mein körperlicher und seelischer Zustand hatte sich auch von Tag zu Tag gebessert. Als mich der Herrn Doktor – als Zeichen seines Respekts vor meiner vorbildlichen Haltung – in das große, mit Himbeerbonbons gefüllte Glasbehältnis greifen lässt, nehme ich so viel davon, wie meine kleine Hand nur fassen kann. Dann verlasse ich – Hand-in-Hand mit Mutter und Tante Luise - die Idiotenanstalt, im festen Entschluss nie mehr hierher zurück zu kehren.

Heute ist mein erster Schultag. Ausgestattet mit einer wunderschönen Schultüte marschiere ich mit Tante Luise in Richtung Volksschule. Obwohl der Weg am Bach entlang viel näher wäre, marschieren wir mitten durch das Dorf. Man will sich ja zeigen und bewundert werden. Dass mich Tante Luise begleitet und nicht die Mutter, geht in Ordnung. Mutter muss täglich in die Fabrik zur Arbeit und Tante Luises Arbeitszeit ist flexibler. Sie arbeitet als Servicekraft in der Gastronomie eher am Abend bzw. saisonal. Außerdem ist sie neben der Tätigkeit als Haushaltsvorstand auch das Hirn in der Familie und zuständig für alle Behördengänge.

Da stehe ich nun in meinem Klassenzimmer, zusammen mit den anderen Kindern des Dorfes und deren aufgeregten Müttern. Das ist ganz schön verwirrend.

Unser Klassenlehrer heißt Herr Schönherr. Das ist ein ganz Lieber und ich mag ihn sehr. Er mag mich aber auch. Manchmal schickt er mich zu sich nach Hause, um seine Geige zu holen. Dann spielt er uns etwas vor.

Der eigentliche Musiklehrer heißt Herr Koban und stammt aus Ostpreußen. Er ist groß und stark, hat einen Oberlippenbart und einen lustigen Akzent.

Und dann gibt es noch einen Herrn Charwat. Das ist ein großer, hagerer Mann mit dicker Brille, der immer sehr ernst ist und der uns Heimatkunde beibringt.

Ich habe seit einigen Tagen eine große Blase auf der Ferse meines rechten Fußes. Tante Luise sagt zu mir, dass wir damit zum Herrn Doktor gehen müssen. Ich weigere mich beharrlich, gebe aber nach, als mir Tante Luise versichert, dass der Herr Doktor nur eine Salbe auf die Blase auftragen wird, damit diese eintrocknen kann.

Gestärkt durch den unerschütterlichen Glauben an meine geliebte Tante, hatschen wir in die Arztpraxis. Der Herr Doktor heißt mich auf der Liege bäuchlings Platz zu nehmen. Dann bedeutet er der Tante, was ich selbst nicht sehen kann, weil ich ja auf dem Bauch liege, mich fest zu halten. Dann setzt er sich auf meine Beine, was mir doch recht seltsam vorkommt.

Ein Gefühl des Unbehagens, ja schon mehr der Angst beschleicht meine kleine Seele und dann passiert es auch schon: Er nimmt eine Schere, schneidet die Blase ein und reißt mit einer Pinzette und einem festen Ruck die tote Haut ab. Das tut gar nicht wirklich weh. Aber vielleicht empfinde ich es deshalb nicht, weil ich einen Schock erleide. Einen Schock darüber, dass ich von dem zweitliebsten Menschen auf der Welt so hinters Licht geführt worden bin.

Das ist eine Wunde, die nur schwer verheilen wird; wenn überhaupt. In diesem Augenblick stürzt eine Welt für mich ein. Ich bekomme ein Pflaster aufgeklebt und der Herr Doktor reicht mir zum Abschied generös die Hand. Er tut dies mit einem Lächeln, was ich aus Protest nicht erwidere. Die Versuche der einst so geliebten Tante mich wieder geneigt zu machen laufen ins Leere. Die angebotene Hand verweigere ich und so gehen wir, körperlich getrennt, jedoch verbunden durch ein tiefes Schweigen, nach Hause.

Mindestens genauso schlimm, wenn nicht sogar noch schlimmer, ist mein Unfall, einige Monate später.

Ich spiele mit einigen Nachbarskindern Fangen, als ich unglücklich stürze. Dabei verdrehe ich den rechten Arm. An meinem Ellenbogengelenk bildet sich ein Tennisball große Geschwulst und ich kann den Arm nur unter Schmerzen bewegen. Da ertönt der Ruf meiner Mutter. Ich stecke die Hand ganz langsam in meine rechte Hosentasche und gehe nach Hause.

„Gehe schnell eine Schachtel Zündhölzer kaufen; dann kannst du wieder weiter spielen", empfängt mich die Mutter.

20

Sie hält mir ein Geldstück entgegen und ich will es mit der linken Hand nehmen. *„Warum nimmst du nicht die richtige Hand?"*, fragt sie mich und will nach der in meiner Hosentasche steckenden rechten Hand greifen. Ich reagiere mit einem Schmerzschrei. Dann erblickt die Mutter meinen *„Schönheitsfehler"* am Ellenbogen und erschrickt.

„Was hast du denn da gemacht?", fragt sie und ich erzähle von der Geschehnis.

Ich bin einiger Maßen verwundert, wie die Mutter meinen kleinen Schwindel bemerkt hat. An den Tränen wohl kaum, die hatte ich bereits abgewischt; oder doch? Es war wohl eher die Sache mit der *„richtigen Hand"*, bzw. mit *der „schönen Hand"*, wie man zu sagen pflegt.

Wir marschieren ins vier Kilometer entfernt liegende Kreiskrankenhaus und dort wird mir ein Gips verpasst.

Man sagt, im Wort Unglück steckt auch das Wörtchen Glück. Das mag wohl sein; gilt aber nicht für mich. Anstatt zuhause zu bleiben und mich zu pflegen, muss ich in die Schule gehen. Der Herr Lehrer setzt mich zusammen mit Helga in eine Bank. Sie ist ab sofort meine persönliche Assistentin. Sie packt meinen Schulranzen aus und richtet mir alles für den Unterricht her.

Und jetzt kommt es ganz dick: Ich muss mit der linken Hand schreiben und kann den Unterricht nicht – wie eigentlich von mir gedacht – als Zuhörer und Zuseher genießen. Was für eine Ironie - die *„unschöne Hand"* ist mit einem Schlag gesellschaftsfähig geworden. Eine kleine Vergünstigung erhalte ich jedoch: das ungeliebte „Schönschreiben" bleibt bis auf weiteres unbenotet.

Wenn man von dem leidigen „Schönschreiben" einmal absieht, sind meine schulischen Leistungen überdurchschnittlich gut. Das mag nicht zuletzt daran liegen, dass Tante Luise den unbändigen Willen hatte — noch vor Schuleintritt - aus mir etwas Besonderes zu machen.

In unserer Küche hängt an der Wand ein Gestell, in welchem sich drei emaillierte Blechbecher befinden, die mit „Sand-Seife-Soda" beschriftet sind. Das waren meine ersten Lernobjekte in Sachen „Lesen". So dauerte es auch nicht allzu lange, bis ich lesen konnte. Und Tante Luise genoss diesen Zustand.

Sie führte mich wie ein Zirkuspferd in der Arena bei der Nachbarschaft herum, um den verdutzten Eltern der schulpflichtigen Kinder meine Fertigkeiten vorzuführen. Dass ich mir damit bei den Nachbarskindern keine Freunde machte, liegt wohl auf der Hand.

Der Sommer ist da und damit auch die Ferien. Ich darf wieder beim Bauer Zorga auf dem Feld mithelfen. Sein Hof ist nicht sehr groß und überschaubar. Er hat einige Milchkühe, viele Hühner und ein paar Schweine. Und er hat einen Traktor. Den habe ich sogar schon einmal lenken dürfen; das war ganz schön aufregend.

Jetzt ist die Zeit der Getreideernte. Es ist sehr heiß und der Schweiß rinnt in Strömen. Er vermischt sich mit dem aufgewirbelten Staub und zeichnet lustige Muster ins Gesicht und auf die Arme. Um die Mittagszeit setzen sich alle in den Schatten der Bäume, welche das

Feld säumen. Dann gibt es Most, Wurst und Brot. Die Wurst mag ich besonders gern. Sie stammt vom hausgeschlachteten Schwein und ist mit der Wurst vom Dorfmetzger überhaupt nicht zu vergleichen.

Obwohl ich nicht zur Familie gehöre, werde ich doch wie ein Familienmitglied behandelt. Die Jungbauern, die den Hof von den Eltern schon übernommen haben, heißen Josef und Maria. Sie haben zwei kleine Kinder.

Der Altbauer ist ein kleiner, lustiger Mann mit Schnauzer. Es macht ihm einen Heidenspaß, wenn er beim Melken Zielschießen macht. Man glaubt nicht, dass man mit der Zitze einer Kuh gezielt mit deren Milch auf einen Menschen schießen kann. Der Altbauer kann das; ich habe das schon mehrere Male erlebt.

Wenn ich in den Stall gehe, um die Kälbchen zu besuchen und wenn der Altbauer gerade auf seinem Schemel sitzend die Kuh melkt, dann komme ich nicht ungestraft an ihm vorbei. Das ist in Ordnung, wir haben beide unseren Spaß.

Der schönste Moment des Tages ist dann die Brotzeit am Abend. Dann sitzen alle um den Tisch in der kleinen Küche, über dem in der Ecke das Kruzifix hängt. Maria oder ihre Schwiegermutter macht mit dem Messer drei Kreuze auf der Rückseite des selbst gebackenen Brotes und schneidet große Stücke herunter; einmal um den ganzen Laib herum.

Und dann duftet es wieder nach Blut- und Leberwurst und nach Schwartenmagen. Dazu ein paar Gurkerln, ordentlich Mostrich und ein großer Steinkrug mit Most. Für mich gibt es aber nur Milch. Eine Kanne davon nehme ich dann auf den Nachhausweg mit. Manchmal auch etwas Wurst oder Speck; aber immer ein großes Dankeschön für meine Hilfe.

Der Herr Lehrer Schönherr hat drei Schüler auserkoren, um sie für die höhere Schule zu empfehlen. Einer davon bin ich. Das Problem ist nur, dass meine Mutter das Geld für Schule, Lehrmaterial und Fahrtkosten nicht hat.

Tante Luise, die in ihrer Jugend das geistige Potential gehabt hätte, um eine höhere Schule zu besuchen und später sogar zu studieren, hatte damals leider keine Möglichkeit, weil die finanziellen Mittel nicht vorhanden waren. Daher ergreift sie jetzt die Möglichkeit sich in mir zu verwirklichen. Mit einem *„das Kind geht ins Gymnasium und ich bezahle das!"* macht sie das Unmögliche möglich.

Die Aufnahmeprüfung findet an einem Faschingsdienstag statt und macht mir keinerlei Probleme. Gleich im Anschluss daran fahre ich mit dem Zug in eine nahe gelegene Kleinstadt, wo Tante Luise in einem Kurhotel arbeitet. Heute findet dort ein Kindermaskenball statt.

Mein Outfit passt nicht so richtig in die Szene: dunkle Hose und weißes Hemd. Eben die richtige Montur für einen angehenden Gymnasiasten, der gerade von einer wichtigen Prüfung kommt.
Eine Kollegin von der Tante malt mich mit Lippenstift und Augenbrauenstift an und ein buntes Papierhüt-

chen findet sich auch. Es werden verschiedene Spiele durchgeführt und ich nehme erfolgreich teil. Am Ende schauen zwei erste Plätze heraus. Der eine im Luftballon aufblasen und der andere im Schlagsahne wettessen. Letzteren Wettbewerb habe ich mit links gewonnen. Das liegt wohl daran, dass ich seit Jahren mit Schlagsahne gemästet werde.

Die Milch, die ich am Abend vom Bauern hole, wird am nächsten Morgen entrahmt und geschlagen. Ein ordentlicher Löffel Zucker dazu und ab geht die Post. Mit diesem biologischen Dopingmittel versucht die liebe Tante aus einem Stangenspargel ein wohlgenährt scheinendes Etwas zu schaffen. Und der Erfolg gibt ihr Recht.

Ich lerne schon sehr bald, dass wir in einer Zweiklassengesellschaft leben. Die eine, das sind die „Gestopften", vulgo Ärzte, Rechtsanwälte, Pfarrer, Lehrer und höhere Beamte. Das ist der gesellschaftliche Hochadel. Die andere Klasse beinhaltet kleinere Beamte und die Arbeiterschaft.

Ich zähle ohne Zweifel zu der zweiten Kategorie, was man schon am unterschiedlichen Outfit der Schülerschaft erkennen kann. Nicht, dass ich kein gepflegtes Erscheinungsbild abgebe; aber dem fast täglichen Kleidungswechsel der „gestopften" Mitschüler und Mitschülerinnen habe ich nichts entgegen zu setzen.

Als der Herr Klassenlehrer unsere persönlichen Daten abgleicht, fragt er auch nach dem Beruf der Väter. Als ich an der Reihe bin, befinde ich mich in einem Riesendilemma. Meine Eltern sind geschieden und meinen Herrn Papa kenne ich nicht persönlich. Ich habe natürlich einen solchen; nur weiß ich weder, wo er wohnt, noch was er beruflich macht.

In dieser Situation kommt mir eine Eigenschaft zugute, die mir schon in die Wiege gelegt war und die mich zeitlebens begleiten sollte: mein reicher Fundus an Fantasie. Ich denke kurz nach und antworte mit größter Selbstverständlichkeit: *„Mein Vater ist Revieroberförster!“* Das scheint mir ein respektabler Beruf zu sein und macht mehr her, als hätte ich meinem Erzeuger das Prädikat *„Arbeiter“* verliehen.

Der Herr Klassenlehrer trägt dieses in seine Unterlagen ein und damit ist es amtlich. Der kleine Schwindel fällt niemandem auf, da ich aus meinem Dorf der einzige Schüler bin und keine Menschenseele in der Stadt meine Familie kennt.

Ich habe von der ersten Stunde an Latein als Fremdsprache. Und anhand dieses Lehrfaches spielt sich eines Tages ein Ereignis ab, das wunderbar dokumentiert, dass nicht alle Menschen gleich sind und alle Schüler und Schülerinnen schon gar nicht.

Mein Lateinlehrer, Herr Dr. Strass, führt gegen Ende des Schulhalbjahres eine Vokabelprüfung zum Zwecke derer Benotung durch. Eines der Opfer ist Gertrude

Kurz, Tochter eines honorigen Arztes der Stadt. Es entspinnt sich folgender Dialog:

Lehrer: *„Trudchen, sag mir bitte, was heißt der Bauer.“*
    Trudchen: *„Der Bauer – der Bauer?“*

Lehrer: „*Na, A… A…*"
Trudchen: „*A… A…*"
  Lehrer: "*Agri…*"
Trudchen: "*Agri…*"
  Lehrer: "*Agrico…*"
Trudchen: „*Acrico…*"
  Lehrer: „*la*"
Trudchen: „*Agricola*"
  Lehrer: "*Sehr gut, Trudchen, setzen!*"

Ich werde erst viele Jahre später erfahren, dass der Herr Dr. Strass Privatpatient bei Trudchens Vater war und auch privaten Kontakt zu diesem pflegte. Das relativiert natürlich die damals monströs erscheinende Farce gewaltig.

Der Lehrkörper dieser höheren Bildungsanstalt ist von den unterschiedlichsten Charakteren durchwoben. Da sind zum einen die gestreng Akkuraten, für die es nur schwarz und weiß gibt. Zum anderen sind da die Meister des Zynismus und die vergeblich Bemühten. Und dann gibt es noch die Hirnamputierten, die es eigentlich gar nicht geben sollte.

Aber es gibt auch Lehrkörper, die man einfach gern haben muss. In einem solch begnadeten Körper steckt das Fräulein Breisik. Bei ihr hat der Schöpfer all sein Können hinein gesteckt.

Das liebe Fräulein ist groß von Wuchs, hat schwarze Augen und schwarze Haare, die streng nach hinten gekämmt in einem Dutt gefangen sind und einen Busen, der einem pubertierenden Knaben die Augen aus den Höhlen drängt.

Sie unterrichtet Französisch, was den Gesamteindruck noch wesentlich verstärkt. Sie sehen zu dürfen ist es allein schon wert, dass man sich dem Gräuel täglichen Schulgangs beugt.

Zwei liebenswerte Herren sind der Englischlehrer und der Biologielehrer. Ich werde ihnen in ca. zwanzig Jahren wieder begegnen, wenn ich einen anständigen Beruf erlernt habe.

Der Englischlehrer, Herr Hauer, hat eine Nase wie ein Adler und trägt stets ein leichtes Grinserl im Gesicht. Den mag ich ganz besonders.

Der Biolehrer, Herr Bender, ist ein schlanker, ca. zwei Meter großer, sehr freundlicher Mann, der sich mit Inbrunst bemüht uns geistigen Azubis Bildung beizubringen, wobei er uns die Freiheit lässt sein Angebot anzunehmen, respektive es auszuschlagen.

Ich bewege mich mit meinem Entschluss irgendwo dazwischen. Das halte ich im Übrigen mit allen anderen Fächern genauso. Das hat zur Folge, dass meine Mutter gegen Ende des 2. Halbjahres einen *„blauen Brief"* erhält, in welchem meine gefährdete Versetzung mitgeteilt wird. Das wiederum hat zur Folge, dass Tante Luise den avisierten Gesprächstermin wahrnimmt, getarnt als meine Mutter, und mir hinterher die Notwendigkeit nahelegt einen Zahn zuzulegen.

Dieser mit Nachdruck vorgebrachten Bitte entspreche ich jedes Jahr und umschiffe somit die gefährdende Klippe mit Erfolg. Doch zurück zum Lehrkörper.

Zu den Sturschädeln gehört ohne Zweifel Herr Schreiner, der Mathematiklehrer. Sein Unterricht ist so furztrocken, dass es staubt. Dazu kommt noch, dass er keine Miene verzieht, wenn er von Pythagoras und anderen Griechen schwadroniert, was mich nicht wirklich erreicht. Man hat ihm offenkundig von Kindesbeinen an das Lachen abgewöhnt; denn er ist noch nicht einmal zu einem kleinen Lächeln fähig.

Bedauernswert sind auch Herr Wieland und Herr Schuster. Ersterer ist unser Musiklehrer und der zweite unterrichtet Zeichnen. Beide werden von der Schülerschaft nicht ernst genommen und lassen sich das auch weitgehend gefallen.

Herr Wieland ist ein durch und durch von Musik beseelter Herr. Doch all sein Bemühen, dass die Musik in unseren Seelen Einlass fände, fällt auf fruchtlosen Boden. Egal, ob das durch das Abspielen einer Schellackplatte auf dem Grammophon geschieht, auf welcher Carl Maria von Webers Freischütz gebrannt ist oder durch das Singen geistig wertvoller Liedtexte von Volksliedern, wie z.B.:

Lirum, Larum Löffelstiel,
alte Weiber essen viel,
junge müssen fasten.
's Brot liegt im Kasten,
's Messer liegt daneben,
ei welch' ein lustig Leben!
Lirum, Larum Löffelstiel,
wer nichts lernt, der kann nicht viel.
Reiche Leute essen Speck,
arme Leute hab'n Dreck.

Lirum, Larum Leier,
die Butter, die ist teuer.

Ganz anders hingegen vom Wesen her ist unser Sport-, Englisch- und auch neuer Französischlehrer, Herr Maier. Wir dürfen ihn in Sport und Französisch genießen.

Er gibt sich kleidungstechnisch als Gentleman, hingegen als Mensch verkörpert er einen durch und durch präpotenten Kotzbrocken. Ich kann das an einem Beispiel auch festmachen.

Wir werden Vokabeln geprüft und es geht um das französische Wort „*geler*", was zu Deutsch „*frieren, erfrieren, gefrieren*" bedeutet. Sechs, sieben Prüfungskandidaten entsprechen bei der Aussprache dieses Wortes nicht der Vorstellung des Herrn Maier.

Der Herr Lehrer lässt diese Wortversager, zu denen auch ich gehöre, vor der Klasse Aufstellung nehmen und verleiht dieser Gruppe mit größtem Vergnügen und einer ebenso großen Portion Zynismus das Prädikat „*Expedition Gelee*".

Die restlichen Schüler folgen der Aufforderung des Herrn Maier, der mit feixendem Gesicht die Zustimmung für sein Vorgehen von ihnen erwartet, und fallen in ein schallendes Gelächter ein.

Ich habe von Tante Luise den Spruch aus dem Gedicht von Johann Wolfgang von Goethe „*Der Harfner*" gelernt, wo es heißt: „*...denn alle Schuld rächt sich auf Erden.*" An diesen Spruch glaube ich bis heute. Ich werde diesen üblen Pädagogen viele Jahre später wieder treffen.

Ich werde dann verheiratet sein, eine Familie haben und in meinem Stammlokal am Stammtisch sitzen. Er wird herein kommen, in Begleitung einer jungen Frau in meinem Alter, er wird über sechzig Jahre alt sein, gebrechlich wirken mit einem Gesichtsausdruck, der ihn seltsam erscheinen lässt und er wird mich nicht erkennen.

Wir werden einander ins Gesicht schauen und ich werde Mitleid mit ihm empfinden; denn so wie er mich und ein paar Mitschüler heute lächerlich macht, so wird er sich in ferner Zeit lächerlich machen. Er wird ein armer, alter Narr sein, der sich dessen noch nicht einmal bewusst ist.

Der Chef von dem Ganzen ist der Herr Direktor Frisch. Über allem schwebend, sich souverän gebend, tipp top gewandet mit Fliege, Menjoubärtchen und Zigarettenspitz.

Als krasses Gegenstück vervollkommnet El Zorro, vulgo Herr Schwarz, das Ensemble, der als Hausmeister fungierend die Schülerschaft terrorisiert. Selbst bei Eiseskälte öffne t er das Hauptportal der Schule auf die Sekunde genau, auch wenn frierende Kinder, die mit Zug und Bus von außerhalb kommen, schon eine Stunde vorher um Einlass bitten. Streng nach dem Motto „*Vorschrift ist Vorschrift!*"; aber vielleicht auch als Zeichen seiner Macht und Ausdruck seiner Verachtung gegenüber geistig privilegierten Heranwachsenden.

Die Ferien sind endlich da. Sechs Wochen keine Schule, sechs herrliche Wochen ohne Lehrer und lernen müssen.

Meine Mutter arbeitet in einer Konservenfabrik im Ort und einen Teil meiner Ferien, nämlich drei Wochen, werde ich dort auch verbringen.

Meine Arbeit besteht darin Gurken zu waschen und den Hof zu kehren. Der Betriebsleiter, ein Feschak und echt Hamburger Jung, hat ein Auge auf meine Mutter geworfen und so stehe ich unter seinem persönlichen Wohlwollen. Die Arbeit macht mir Spaß, bis auf ein einziges Mal, als ich Estragon zupfen muss. Der Geruch dieses Gewürzes missfällt meiner Nase bzw. meinem Magen ebenso wie der Geruch von Weihrauch. Das äußert sich darin, dass ich einem heftigen Würgen ausgesetzt bin.

Die Vorarbeiterin, Fräulein Keller, eine Nachbarin aus dem Dorf, befreit mich aus dieser misslichen Lage und versetzt mich in eine andere Abteilung. Das war Rettung in letzter Not. Nicht mehr lange und ich hätte den Kampf gegen meinen Magen verloren.

Diese Geschichte erinnert mich an die Einweihung der neuen katholischen Kirche im Nachbarort. Einige Jahre zuvor wohnte ich diesem Ereignis bei. Getrieben von einer Sehnsucht aus Kindertagen – ich wäre so gern katholisch gewesen, um bei der Erstkommunion eine Kerze tragen zu dürfen – stand ich ziemlich vorne in den ersten Reihen, dem Mittelgang zugeneigt, als Ministranten den Weihwasserkessel heftig schwenkend an mir vorüber trugen.

Eine massive Duftwolke attackierte mich und meinen Magen und ich konnte mir nur mühsam den Weg nach draußen erkämpfen, gegen den Widerstand verständnisloser Katholiken, die mich mit bösen Blicken belegten. Nach diesem Ereignis war ich wieder ein zufriedener Protestant.

Das schönste an der Arbeit in der Konservenfabrik ist der Freitag Spätnachmittag. Dann geht das Fräulein Keller mit einem kleinen Karton durch die Hallen, der mit braunen Umschlägen gefüllt ist, auf welchen die Namen der Beschäftigten stehen. Und auf einem dieser braunen Umschläge steht mein Name und in diesem Umschlag ist Geld. Das ist die Frucht meiner Arbeit für eine Woche.

Ich halte meinen Umschlag in der Hand, öffne ihn und ein Gefühl von Stolz und größter Zufriedenheit nimmt mich gefangen. Am Abend überreiche ich meinen Wochenlohn der Mutter in dem Gefühl ihr damit das Leben ein wenig leichter machen zu können. Das ist ein magischer Augenblick.

Die Augen meiner Mutter leuchten und unser beider Herz schlägt für wenige Momente etwas schneller als gewöhnlich. Ich kann es ganz sicher nicht erfassen; aber eine große Welle der Liebe umschlingt mich gerade.

Ich habe inzwischen fast sechs Jahre Bildung und sechs blaue Briefe hinter mir und ich habe jede Klippe erfolgreich umschifft. Obwohl die Zeit bis zum Abitur immer weniger wird, nimmt der Wunsch die Schule zu verlassen immer mehr zu. Ich bin beseelt von der Vorstellung einen Beruf zu erlernen und endlich Geld zu verdienen.

Wenn ich sehe, wie die Mutter tagaus, tagein mit ihrem Fahrrad in die Fabrik fährt, um zwei hungrige Mäuler zu stopfen, dann tut mir das weh. In der Hauptsaison beginnt ihre Arbeitszeit um sechs Uhr morgens und endet um sechs Uhr abends und manchmal noch später. Dazu kommen dann auch noch die Samstage als Arbeitstage. Sie ist am Sonntag dann so sehr erschöpft, dass sie sich eine Stunde Mittagsschlaf ausbedingt. Noch vor ein paar Jahren musste ich diesem Prozedere beiwohnen, was mir überhaupt nicht geschmeckt hat. Da lag ich dann, fest an die Mutter geschmiegt so wie sie an mich, und hörte von der Gasse draußen den Lärm herum tobender Gleichaltriger ins Zimmer dringen.

Ich habe jedoch diese Stunde völliger Passivität geduldig über mich ergehen lassen, in dem Bewusstsein etwas Gutes zu tun; obwohl dieses Nichtstun völlig konträr zu meinem Wesen stand.

Vor ein paar Tagen platzt in unserem Haus eine Bombe. Ich meine keine, deren Explosion Tote nach sich zieht, sondern eine, die erstaunte Gesichter zur Folge hat.

Onkel Wilhelm, inzwischen Mitte fünfzig, befindet sich auf Freiersfüßen. Er hat eine Frau in seinem Alter kennen gelernt, die er zu ehelichen beabsichtigt. Ich vermeide bewusst die Floskel *„kennen und lieben gelernt“*, weil *„lieben gelernt“* mir völlig irreal scheint.

Als er sie uns vorstellt, erkenne ich in dieser Frau mehr ein Fabelwesen, denn eine holde Maid. Ein Gebiss, das einem Hasen gehören könnte, wohlgenährt, und ein Goderl, das einem Truthahn zur Ehre gereicht hätte. Halleluja!

Einen nicht zu verachtenden Vorteil hat sie aber schon: sie ist das einzige Kind einer Hotelbesitzerin, welche selbst schon an die achtzig ist und mit derer Ableben in absehbarer Zeit zu spekulieren ist. Also eine gute Partie.

Das muss wohl der Grund sein, warum mein Lieblingsonkel zu einer solchen Verzweiflungstat schreitet. Er, ein groß gewachsener, durchtrainierter Mann, ein Beau par excellence, ein Clark Gable für Arme, dem die Frauen zeitlebens zu Füßen lagen, begnügt sich mit einer zweiten, wenn nicht sogar dritten Wahl?

Die Hochzeit ist ein prachtvoller Event. Die Braut in einem langen, schwarzen Kleid, der Bräutigam im Frack. Chapeau!

Ich bin aber auch nicht schlecht gewandet. Weißes, langärmeliges Hemd, Anzug mit kurzer Hose, Kniestrümpfe, Schuhe.

Meinem großen Bruder haben sie eine rassige Rothaarige als Brautführerin verpasst. Mir gefällt sie nicht besonders; meine aber dafür umso mehr. Sie heißt Heidemarie und ist die Tochter einer großen Metzgerei.

Nach der kirchlichen Trauung wird ordentlich getafelt. Ich esse zum ersten Mal eine *„Fürst-Pückler-Bombe"*, das ist eine Eisspezialität aus drei verschiedenen Eissorten.

Nach dem Essen werden draußen, vor dem riesigen Garten, welcher dem Hotel angeschlossen ist, Erinnerungsfotos gemacht. Heidemarie und ich werden von einer amüsierten Erwachsenen, wahrscheinlich eine Verwandte von meiner Brautjungfer, ordentlich drapiert und dann macht es klick.

Heidemarie trägt übrigens ein weißes Kleid, weiße Kniestrümpfe und ein schwarzes Band im blonden Haar. Sie ist schon eine sehr schöne Erscheinung. Als wir uns verabschieden, beschließen wir einander brieflich verbunden zu bleiben.

Es vergeht keine Woche, in der ich nicht ein Lebenszeichen von Heidemarie erhalte. Hellblaues Briefkuvert, hellblaues Briefpapier und eine feine Schrift, mit welcher wunderbare Worte mit Tinte in Sätzen zusammengefasst sind.

Ich freue mich jedes Mal, wenn der Briefträger etwas für mich aus seiner schweren Umhängtasche hervor zieht. Er wirft die Post nicht in den dafür vorgesehenen Schlitz in der Haustür, er läutet an und kassiert als kleines Dankeschön ein Schnäpschen.

Es handelt sich bei Herrn Reck um einen Schulkameraden der Mutter, der die Post teilweise am Samstag bringt und nicht unter der Woche. Vielleicht auch deshalb, weil die Mutter ja unter der Woche zur Arbeit geht.

Die wöchentliche Freude über Heidemaries Post erfährt ein jähes Ende. Als wieder ein Brief kommt, ist dieser weder in einen hellblauen Umschlag gehüllt, noch auf hellblauem Papier geschrieben. Er ist mit Bleistift gekritzelt und gespickt mit unzähligen Rechtschreibfehlern.

Damit hätte ich eventuell noch leben können. Meine Schrift kann man schwerlich als schön bezeichnen und nicht jeder kann sich meiner Intelligenz ebenbürtig nennen; aber diesen Satz: „*Vielleicht geht es uns auch einmal so wie Tante Eva und Onkel Wilhelm!*" empfinde ich als massive Bedrohung meiner Person und meines anstehenden Junggesellenstatus.

Ein Mensch, dem ich wirklich sehr warme Gefühle entgegengebracht habe, hat mich böswillig getäuscht. Ich vermute, dass eine Verwandte oder Bedienstete, die mir bisher verzückende Briefe geschrieben hat, und dass der heutige das erste echte Dokument ist.

Demzufolge erkläre ich diese Verbindung hiermit unabänderlich für beendet und ich werde dies Heidemarie auch umgehend mitteilen.

Nach vielen Anläufen und mit großer Beharrlichkeit habe ich es geschafft, mein Vorhaben die Schule zu verlassen, umzusetzen. Das größte Problem war hierbei die Tante zu überreden; an überzeugen war überhaupt nicht zu denken.

Also gehen wir beide, das Abschlusszeugnis der Mittleren Reife in der Hand, zum Arbeitsamt auf der Suche nach einer Lehre. Der Herr hinterm Schreibtisch offeriert uns eine Lehrstelle als Techniker in einem Kälte-technikbetrieb mit zeitweiligem Aufenthalt während der Ausbildung in der Schweiz.

Das ruft sofort eine große Begeisterung bei mir hervor; nicht jedoch bei Tante Luise. *„Im Ausland? Das kommt überhaupt nicht infrage! Haben Sie nichts anderes?"*

Ich hätte mir das ja gleich denken können. Ich, der Sonnenschein der Familie, weiter als fünf Kilometer vom Nest entfernt – völlig vorstellbar. *„Da wäre noch die Sparkasse, die suchen auch einen Lehrling."* Sparkasse? Da wird die Tante sofort hellhörig. *„Ja, das nehmen wir!"* Damit ist mein Schicksal besiegelt.

Man muss wissen, dass der Verlobte von Tante Luise in jungen Jahren ein Bankprokurist war, der vor der Hochzeit durch einen tragischen Verkehrsunfall ums Leben gekommen ist. Dieser Georg, von dem ich ja auch den Namen bekam, denn Jürgen ist eine Koseform von Georg, war die große Liebe von Tante Luise. Also sieht es die Tante Luise wohl als Fügung des Schicksals, dass ihr geliebter Neffe in die Fußstapfen des Verblichenen tritt.

Ich beuge mich schweren Herzens, jedoch mit einem dankbar scheinenden Lächeln, dem Entschluss der Tante, und wir verabschieden uns von dem freundlichen Herrn hinter dem Schreibtisch.

Am nächsten Tag sitze ich vor einem fülligen Herrn mit dicker Brille- die dieser zum Lesen auf die Stirn geschoben hat - der meinen handgeschriebenen Lebenslauf studiert und einen ebenso tiefen Blick auf mein Zeugnis wirft.

Ich habe ärgste Bedenken, steht doch in der Rubrik „Mathematik" ein „*Mangelhaft*", was nicht unbedingt den Lehrberuf „*Bankkaufmann*" erstrebenswert erscheinen lässt.

Ich könnte meinem Gegenüber natürlich erklären, dass sich diese Note aus Mathematik und Geometrie zusammensetzt und dass ich sehr wohl rechnen kann; mir jedoch Geometrie verhasst ist. Ich unterlass es aber und rechne gottergeben mit einem vernichtenden Bescheid.

Aber ein Wunder geschieht: der Herr Direktor Angler stimmt der Bewerbung zu und nur wenige Tage später halte ich den unterzeichneten, dreijährigen Lehrvertrag zum Bankkaufmann in meinen Händen.

Die Ausbildung umfasst mehrere wichtige Gebiete: Frühstück besorgen für länger gediente Kollegen (Milch in braunen Glasflaschen und Butterbrezeln), Kontoauszüge mit dem Fahrrad an Kunden verteilen, die innerhalb der Stadt wohnen, Belege zu einem Din-A-5 Band zusammen kleben und in der Registratur im Keller für Ordnung sorgen.

Andere Ausbildungsbereiche, die nicht weniger wichtig scheinen, sind das Scheck- und Wechselwesen, sowie das Überweisungswesen.

Einziger Wermutstropfen hierbei ist der zweimal in der Woche stattfindende Berufsschulbesuch. Ich war froh, der Schule entronnen zu sein und jetzt werden noch einmal drei Jahre angehängt.

Weil die Anzahl der berufsbegehrenden Bankkaufleute nicht sehr groß ist, werden sie die ersten beiden Jahre zu den Industriekaufleuten dazu gesperrt. Das heißt Maschinenschreiben und Stenographie für zwei Jahre, neben Deutsch, dem kaufmännischen Rechnen, der Betriebswirtschaftslehre und der Buchhaltung.

Im letzen Jahr dann eine separate Bank-Klasse, in welcher wir unser Hirn von links auf rechts wenden müssen, denn in der Bankbuchhaltung sind Soll und Haben plötzlich Haben und Soll. Also genau umgekehrt. Das ist eine gewaltige Herausforderung für meine geistige Flexibilität.

Der Unterricht macht trotzdem Spaß, wahrscheinlich weil die Lehrkräfte in der Berufsschule sich im Wesen deutlich und wohltuend von dem gymnasialen Kollegen unterscheiden. So bringe ich die drei Jahre gut zu Ende und schließe meine Lehre mit einem Notendurchschnitt von 2,0 ab. Ab sofort darf ich mich und die anderen mich Bankkaufmann mit Kaufmannsgehilfenbrief nennen.

Vor zwei Jahren habe ich meinen Führerschein gemacht und seit ein paar Wochen bin ich Besitzer eines gebrauchten Automobils. Tante Luise hat den Kauf möglich gemacht; denn mit eigenen Mitteln hätte ich das nie gestemmt, zumal ich ja noch Lehrling war. Meine Argumentation, ich könne sie damit überall hinfahren, auch zu Arbeitsplätzen, die sie sonst nur mit Zug und Bahn erreichen kann, hat sie weitgehend überzeugt.

Die fehlenden Restprozente habe ich erfolgreich erschmust.

Mit meinen Kollegen verstehe ich mich recht gut. Besonders mit einer jüngeren Kollegin, die vor wenigen Wochen bei uns angefangen hat. Sie heißt Dorothea, hat blitzblaue Augen und eine tolle Figur. Erfreulicherweise funkt es zwischen uns. Sie ist meine Prinzessin und ich nenne sie auch so.

Wir verbringen so viel Zeit wie möglich zusammen und sonnen uns in einer unschuldigen Verliebtheit. Wir können uns nur am Tag treffen, weil der Vater von unserer Verbindung nichts wissen darf. Und so trifft es uns auch mit großer Wucht, als ich eines Tages meinen Einberufungsbescheid zum Militär erhalte.

Ich gehe mit dem Bescheid zu meinem Chef und bitte ihn, er möge doch versuchen mich bei der Behörde für unabkömmlich erklären zu lassen. Herr Direktor Angler macht mir Hoffnung; kennt er doch einen gewissen Herrn Leipert, einen Beamten in der Behörde und ehemaligen Kriegskameraden.

Ich darf dem Treffen der beiden, einige Tage später beiwohnen. Da sitzen sie nun in vertrauter Zweisamkeit, Zigarren rauchend und über alte Zeiten schwafelnd: *„Weißt du noch Erwin? 14/18 vor Werdäng?"* (gemeint ist die französische Stadt Verdun). *„Na klar, Oskar, als wäre es gestern gewesen."*

Ich verlasse die *„Räucherkammer"* der beiden Kriegsveteranen mit einer schlimmen Vorahnung, die sich bald bestätigen sollte. Der liebe Herr Leipert, ein kleines

41

Rädchen in der Behörde, konnte natürlich nichts erreichen.

Es ist Dezember, es ist Sonntag und es liegt Schnee.
Doro und ich fahren, wie so oft, auf einen nahe gelegenen Berg. Wir parken dort und ich schenke Doro einen
kleinen, silbernen Freundschaftsring. Er soll unser Ver-
bindungsglied sein für die nächsten eineinhalb Jahre.

Heute ist Sylvester. Mein Freund Hans, dessen El-
tern ein Büromöbelgeschäft haben, hat mich eingeladen.
Er feiert mit seiner Schwester und deren Ehemann, und
diese haben nichts dagegen, dass mich Hans mitbringt.
Wohl auch, weil ich immer wieder einmal Hans bei der
Auslieferung von Büromöbeln helfe.

Als Hans mir vorschlug, ich solle doch Dorothea
mitbringen, musste ich das leider ablehnen. Doro ist erst
sechzehn Jahre alt und ihr Vater ist ein strenger Wächter
über seine Tochter. Er würde das niemals erlauben.

Hans, ein rechtes Schlitzohr, hatte jedoch eine Idee.
Dass Doros Vater mir seine Tochter für eine Silvester-
feier nicht anvertrauen würde, war Hans klar. Daher
wollte er sich Doros Vater gegenüber als Einladender
präsentieren. Hans war zum einen ein großes Stück älter
als ich und zum anderen war er der Sohn einer renom-
mierten und wohl angesehenen Familie in der Stadt.

Es mag dem Vater von Doro geschmeichelt haben,
dass seine Tochter von dieser Familie zu Silvester eingeladen wird und wer weiß, was Hans ihm alles vorgegau-
kelt hat. Der Vater gab die Erlaubnis jedoch nur unter
der Prämisse, dass Hans die Tochter von zuhause abho-

len und auch zuhause wieder wohlbehalten abliefern möge.

Als ich Doro abhole, ist es schon dunkel. Ich parke etwas abseits von ihrem Elternhaus und Doro kommt auf die Minute pünktlich aus der Haustür. Wir begrüßen uns kurz und dann fahren wir auf einen kleinen Berg hinauf. Die Schwester von Hans wohnt ca. eine halbe Stunde entfernt über einem kleinen Dorf.

Unweit von dort fahre ich in einen Feldweg hinein. Es ist das erste Mal, dass Doro und ich uns am Abend treffen. Im Schutze der Dunkelheit tauschen wir Zärtlichkeiten aus. Wir küssen einander und meine Hände suchen ganz vorsichtig den Verschluss ihres BHs.

Ich bin sehr aufgeregt und ich habe Mühe ihn zu öffnen. Und dann spüre ich die beiden kleinen Hügel in meinen Händen und das Schlagen von Doros Herz. Glückseligkeit durchströmt mich. Wir sind beide sehr aufgewühlt, sind es doch unsere ersten Schritte auf einem uns bis dahin unbekannten Gebiet.

Als wir dann bei unseren Gastgebern eintreffen, werden wir mit einem unübersehbar süffisanten Lächeln begrüßt. Unser beider Gesichtsfarbe spricht Bände. Doros Wangen leuchten rosa und ich vermute, meine Wangen glühen dunkelrot. Der Abend verläuft sehr harmonisch. Es gibt Feuerzangenbowle und um Mitternacht dringen die Glocken der Dorfkirche den Hügel herauf. Das Feuerwerk unten im Tal und von unseren Gastgebern taucht den Himmel in bunte Farben.

Ein neues Jahr hat begonnen und in wenigen Tagen muss ich einrücken. Wir bedanken uns bei unseren Gastgebern und vor allem bei Hans, der uns diese wunderbare Nacht ermöglicht hat. Dann bringe ich Doro nach Hause. Ich fahre nicht sehr schnell, um meine Liebste noch ein wenig länger bei mir zu haben.

Dann sind wir da. Wir verabschieden uns; denn wir werden uns jetzt lange Zeit nicht mehr sehen können. Aber wir versprechen uns recht oft zu schreiben. Unsere Herzen sind schwer und wir haben Tränen in den Augen. Doch wir sind zuversichtlich, dass unsere Liebe die schwere, vor uns liegende Zeit überdauern wird.

Ich fahre nach Hause und meine Gedanken sind schwer. Und dann denke ich an die vergangen Stunden. Es tut so schrecklich weh. Ich habe an der Blume der Liebe gerochen, sie aber nicht gepflückt. Und nun muss ich fort und mein Sehnen nach der Liebsten und mein ungestilltes Begehren werden mich begleiten. Ich hoffe nur, dass sie mich nicht verbrennen wird…

Frühsommer

Der eisige Wind lässt die Weihnachtsgirlanden auf dem Bahnhof hin und her schwingen, und der Christbaum wehrt sich heftig dagegen nicht umgedrückt zu werden. Schneeregen hat eingesetzt und dringt durch dichte Nebelschwaden hindurch in die Gemüter der Reisenden.

Die Reisenden auf Bahnsteig eins sind junge Burschen im Alter zwischen siebzehn und zwanzig Jahren, die ihrem Einberufungsbefehl zum Militär Folge leisten. Die meisten in Begleitung ihrer Eltern bzw. Mütter. Meine beiden Begleitpersonen sind Mutter und Tante Luise. Das versuchte Lächeln in ihren Gesichtern, welches Zuversicht ausstrahlen soll, lässt eher große Traurigkeit und Sorge um ihren geliebten Sonnenschein erkennen.

„Vorsicht an Bahnsteig eins, der Sonderzug hält Einfahrt. Bitte zurück treten!"

Diese Ansage trifft meine beiden, als hätte man ihr Todesurteil verkündet. So ähnlich müssen sie es wohl auch empfinden, wird ihnen doch das Liebste, was sie haben, für die kommenden achtzehn Monate genommen.

„Schreib gleich, wenn du angekommen bist!"
„Und zieh dich immer gut warm an!"
„Und pass gut auf dich auf!"

Der Sonderzug ist zum Stehen gekommen und aus den Waggons springen Uniformierte herunter und brüllen wie wild herum. Ihre Mitteilungen sind von ganz anderer Couleur als die wohlgemeinten Ratschläge besorgter Verwandte:

„Rekruten in die Waggons – zack, zack!"
„Nicht so lahmarschig, meine Herren!"
„Etwas schneller, wenn ich bitten darf; wir haben nicht ewig Zeit!"

Ein letztes Umarmen, Tränen fließen, und dann steige auch ich in meinen Waggon. Die Waggons sind nummeriert, ebenso wie die vom Vater Staat gesandten Freifahrscheine. Ein schriller Pfiff des Bahnbeamten, die Kelle in seiner Hand nach oben gestreckt, und der Zug setzt sich wieder in Bewegung.

Ich schaue noch schnell beim Fenster hinaus und sehe lauter Taschentuch schwenkende *„Hinterbliebene"* in Schmerz und Trauer vereint. Dann suche ich mir einen Platz zum Sitzen und hebe meinen Koffer hinauf in die Gepäckablage.

Im raucherfüllten Abteil herrscht eine sehr lustige Stimmung. Unmengen von Dosenbier tragen einen wesentlichen Anteil dazu bei. Lieder werden gesungen.

Es sind Fahrtenlieder, wie *„wir lagen vor Madagaskar"* und andere mehr. Ich schaue in die Gesichter, und alle sind mir fremd. Da wird die Abteiltüre aufgerissen. Ein Mann in Uniform tritt ein. Graue Jacke über der anthrazitfarbigen Hose, die wie Knickerbocker salopp über die schwarzen Stiefel fällt. Um die Hüfte eine schwarze Koppel und auf dem Kopf ein Kleidungsstück, welches man „Bergmütze" nennt.

„Ruhe im Stall! Wer ist zugestiegen?" Handzeichen!"

Das ist keine freundliche Anfrage, das ist der erste Akt von Einschüchterungen, mit denen man den Herren Rekruten den Schneid abkaufen will.

Ich hebe die Hand und nenne meinen Namen. Dieser wird von dem Herrn Soldaten in seiner Liste abgehakt. Dann geht er weiter zum nächsten Rekruten.

Es ist interessant zu beobachten, wie unterschiedlich sich meine zukünftigen Kameraden verhalten. ich möchte sie in zwei Gruppen einteilen:

Gruppe 1: Die lauten, extrovertierten, zukünftigen Helden der Kompanie, strotzend vor Selbstbewusstsein; auch wenn es nur gespielt ist.

Und

Gruppe 2: Die eher verhaltenen, etwas schüchtern wirkende, nicht auffallen wollenden, mit mäßigem Selbstvertrauen; das aber echt ist.

Zu der zweiten Gruppe zähle ich mich. Da gehöre ich zweifelsfrei hin und da fühle ich mich auch wohl.

Als wir am Zielbahnhof ankommen, ist der Schneeregen in dichten Schneefall übergegangen und die Nacht ist herein gebrochen. Wir werden mit demselben, rüden Tonfall, mit dem man uns zum Besteigen des Zuges aufgefordert hat, nun zum Aussteigen aufgefordert. Im Bewusstsein, hier keine lästigen Eltern als Zuhörer zu haben, ändert sich nun die Wortwahl gewaltig:

„…"Bewegt eure Ärsche, ihr Pfeifen!"
„Ich werde euch die Eier abreißen, wenn ihr euch nicht bewegt!"
„Ich schleife euch, bis euch das Wasser im Arsch kocht!"

Solche und andere verbale Fäkalergüsse dieser Herren in Uniform zeugen von einem gewaltigen Minus-Intellekt. In dieser geistigen Unterwelt werde ich nun meine nächsten achtzehn Monate verbringen müssen; was für ein Drama.

Die Fahrt zur Kaserne will nicht enden. Ich sitze mit meinen neuen Kameraden auf einem LKW mit offener Heckplane und schaue hinaus in die Nacht. Die Schneeflocken scheinen immer dichter zu werden. Das mag wohl daran liegen, dass wir immer höher hinauf kommen. Das Kasernengelände liegt in ca. 500m Höhe in einem Mittelgebirge und war einst Unterkunft für die Wehrmacht. Später haben es die Amerikaner übernommen. Und heute dienen die Kasernen im inneren Kern der Bundeswehr, umgeben von Kasernen der US-Army.

Der letzte Teil der Fahrt führt über eine breite Straße, gesäumt von schneebedeckten Bäumen, deren Äste unter der Last zu brechen drohen. Ich habe noch nie so viel Schnee auf einem Haufen gesehen. Der laute, fröhliche Lärm, der noch bis vor kurzem im Zug geherrscht hat, ist nun in ein seltsames Schweigen übergegangen. War das blöde Herumbrüllen der Uniformierten Auslöser dafür oder ist es eine Art Vorahnung, was auf uns zukommen wird? Ich weiß es nicht.

Die ersten Gebäude werden sichtbar. Dann sind wir da. Und wieder wird herumgebrüllt:

„Alles aussteigen und in Dreier-Linie angetreten!"

„Das Ganze etwas plötzlich; wenn ich bitten darf!"
„Schlaft nicht ein, ihr müden Säcke!"

Wir wissen nicht, was *„in Dreier-Linie angetreten"* heißen soll; aber man macht es uns sogleich unmissver-
ständlich klar; nicht jedoch ohne uns dabei auf unser
geistiges Unvermögen hinzuweisen.

Da stehen wir nun, völlig verfroren und inzwischen
auch durch genässt vor unserem neuen Domizil und
harren der Dinge, die da kommen. Ich erkenne erst jetzt
die Allgewalt des Schnees, der uns ringsherum umgibt.
Er ist auf die Seite geräumt und über zwei Meter hoch.
Das ganze Ambiente macht auf mich einen gespenstigen
Eindruck. Nur wenige Lampen beleuchten das Areal,
aus welchem die Kasernengebäude wie graue Riesen
hervor schauen.

„Ich werde Sie jetzt namentlich aufrufen und Sie antworten
laut mit „HIER!"

Der Soldat, der jetzt neu hinzugekommen ist, ist ein
Feldwebel. Nachdem er die Vollständigkeit überprüft
hat, erklärt er uns das weitere Prozedere. Danach gehen
wir in die uns zugeteilten Stuben. Die Stuben sind ca.
50-60qm groß und in einen Wohn- und einen Schlafbe-
reich unterteilt. Der Wohnbereich beinhaltet einen großen rechteckigen Tisch, die dazu gehörigen Stühle, einen kleinen Schrank für Putzmittel und Reinigungsgerä-
te, sowie einen riesigen Kanonenofen aus grauer Vor-
zeit. Der Schlafteil enthält drei mal zwei Stockbetten
und sechs Spindschränke.
    Meine Stube ist belegt mit zwei Rheinländern, einem
Bayern, einem Schwaben, einem Schwarzwälder und

meiner Wenigkeit aus dem Badischen. Ebenso verschieden, wie unsere Berufe sind auch unsere Charaktere:

Zwei Frohnaturen aus dem Rheinland, der eine kaufmännischer Angestellter, der andere Beamter. Ein introvertierter Schwabe aus der Landwirtschaft kommend. Ein Arbeiter im Sägewerk mit lustigem Dialekt aus dem Schwarzwald und ein unsympathischer, zotenverliebter Bayer, der sofort sich auf alles drauf setzt. Er gibt sich als Angestellter einer Spedition, wobei ich glaube, dass er Möbelpacker ist. Seine bullige Gestalt ist ein klares Indiz dafür.

Er hat sich auch gleich ein Opfer ausgesucht. Es ist der schmächtige Bursche aus der Landwirtschaft, der sich - trotz seiner Introvertiertheit - den Luxus einer eigenen Meinung erlaubt. An die beiden Rheinländer traut sich der Koloss nicht heran. Sie sind zwar schlanker als er; boxen aber in einem Amateurverein. Der Kamerad aus dem Schwarzwald gibt sich als Chamäleon, indem er sich anpasst. Und ich halte mich bedeckt, in der Hoffnung, dass er mich in Ruhe lässt.

Ein schriller Pfiff ertönt und eine Stimme fordert auf:

„Ganzer Zug vor der Stubentür Aufstellung nehmen!"
Bei einem Zug handelt es sich in diesem Fall nicht um ein Transport- bzw. Reisemittel, sondern um eine militärische Einheit, die sich in Gruppen und diese wiederum in Trupps unterteilen. Ein bis drei Züge bilden eine Kompanie.

„Sie werden jetzt in den Keller geführt, um Ihre Kleidung, Ihre Waffe und Ihre Ausrüstungsgegenstände zu empfangen. Ohne Tritt marsch!"

Wir marschieren *„ohne Tritt"*, d.h. *„nicht im Gleich-schritt"* in den Keller, wo sich auch das Holz- und Kohlelager befindet. Unsere Heizung hat nämlich noch nicht das 20. Jahrhundert erreicht; wir heizen noch wie in Urzeiten.

Frei nach dem Motto: *„PASST!"* werden wir dann eingekleidet:

Dienstanzug – Jacke kurz (Affenjäckchen) , Hose, Feldmütze, Stiefel, Hemd,
Binder, Koppel
Arbeitsanzug – Jacke normal, Hose (alles in braun), Hemd oliv, Stiefel,
Koppel
Kampfanzug – Jacke normal, Hose, Hemd (alles oliv gefleckt), Koppel,
Stahlhelm
Ausgehuniform – Jacke normal grau, Hemd blau, Hose dunkelgrau, Binder
grau-blau, Hosengürtel schwarz, Socken schwarz, Schirmmütze grau mit
schwarzem Schild und Mantel dunkelblau
Dazu kommen noch:
Unterwäsche, Socken, Hosenträger, Sportanzug, Sport-schuhe, Badezeug, Schlafanzug, Waschbeutel, Handtü-cher, Seesack, Zeltbahn, Handschuhe, Poncho, Putz-zeug, Nähzeug, Essgeschirr, Besteck, Schulter- und Hüftgurt, Feldflasche und ein Schlafsack in Mumien-form.

Und:
Gewehr G3
Magazin G3
Waffenreinigungsgerät
ABC-Maske

All das gilt es nun (das Meiste in den Seesack ge-
stopft-Helm auf dem Kopf-Gewehr weidmännisch
umgehängt) in die gute Stube zu schleppen und in den
Spind einzuräumen.

Das geht aber nicht wie bei Muttern zuhause; nein,
nein! Schön nach streng militärischer Vorschrift. Die
Hemden werden nach einer festgelegten Ordnung über
einer Holzleiste (35x3x0,5 cm) zusammengefaltet und
aufeinander gestapelt. Jedes Kleidungsstück und jeder
Gegenstand hat seinen eigenen dafür vorgesehenen
Platz einzunehmen. Ausgeschlossen davon sind nur
persönliche Dinge, wie private Ernährungsgegenstände,
Geldbörse, Papiere etc., welche in einem abschließbaren
Fach untergebracht sind.

Als ob das nicht schon schwer genug wäre, gibt es
auch für das Bettenmachen genaue Anweisungen. Diese
Hürden zu nehmen ist wahrlich nicht leicht. Einzig
unser Schwabe hat ein Händchen dafür. Er kann auch
stundenlang seine Stiefel polieren. Das hat jedoch zur
Folge für ihn, dass dieses Talent einem Unteroffizier
auffällt, der den Stubenkameraden sofort dazu anhält
seine Stiefel ebenfalls zu betreuen.
Nachdem wir unseren Krempel auf die Stube ge-
schleppt haben, ertönt erneut die Trillerpfeife, verbunden mit dem Kommando:

„Fertig machen zum Raustreten vor dem Gebäude!"

Und kurz darauf:

„Dritter Zug raustreten!"

Das sind wir. Wir treten vor dem Gebäude in drei Reihen an. Ein Gefreiter mit Stahlhelm und einer Affenschaukel (so nennt man im Kommiss-Jargon die dekorative Kordel, die unter der rechten Achsel hängt und sich von der rechten Schulter zur Brustmitte schwingt. Sie wird vom Unteroffizier vom Dienst [UvD], der auch ein Gefreiter sein kann, getragen) führt uns zum Nachtmahl in den Speisesaal.

„Dritter Zug rechts um – ohne Tritt marsch!"

Wir stapfen den kleinen Hügel hinauf, d.h. wir rutschen mehr mit unserem zivilen Schuhwerk, denn der Weg ist recht glatt. Dann bekommen wir unsere erste Menage als angehende Soldaten.

Das Zurückgehen in die Unterkunft geschieht auf ungezwungene Art und Weise. Wer satt ist, steht auf, bringt sein Geschirr zurück und geht.

Wieder auf der Stube räumen wir den Rest in unsere Spinde ein. Irgendwann betritt ein Gefreiter die Stube und gibt uns verschiedene Unterweisungen, die auch den nächsten Tag betreffen. Dazu gehört u.a., dass immer um 21:30 Uhr Stubendurchgang ist und um 22:00 Uhr allgemeine Bettruhe. Bei Stubendurchgang liegen alle brav in ihrem Bettchen; nur der Stubendienst habende Soldat ist angezogen und muss in Habacht-Stellung Meldung machen. Dann heißt es z.B.:

„Kanonier XY meldet: Stube zwei, belegt mit sechs Soldaten, alle wohlauf. Stube gereinigt und gelüftet!"

Der diensthabende *„UvD"*, das ist der mit Helm und Affenschaukel, überprüft die Sauberkeit der Stube und die Vollzähligkeit der Soldaten. Wenn alles in Ordnung ist, teilt er das mit, wünscht *„Gute Nacht!"* und geht. Wenn er Beanstandungen hat, staucht er den armen Soldaten zusammen und spricht:

„Neuer Durchgang in fünf Minuten!"

Er begleitet diese Drohung mit bösem Blick und geht. Nach ein paar Minuten kommt er wieder. In den seltensten Fällen jedoch kommt er ein drittes Mal.

Es ist 22:00 Uhr und das Licht geht aus. Bettruhe ist angesagt. Mein erster Tag als Rekrut geht zu Ende und er war nicht besonders schön. Ich hoffe, dass die nächsten 546 Tage angenehmer werden. Wirklich daran glauben mag ich allerdings nicht…

„Leb wohl, du Zierde meines Hauptes!"

An die Stelle meines bisher wallenden Haupthaares ist ein Stoppelhaarschnitt getreten. Mit der Begründung, dass für die ABC-Maske ein ordentliches Sitzen nur dann gewährleistet ist, wenn die Haare nicht zu lang sind, hat man uns allen diesen Einheitskurzhaarschnitt verpasst. Eventuell vorhandene Bärte sind dieser sinnhaften Überlegung ebenfalls zum Opfer gefallen. Damit ist einem potentiellen Giftstoffangriff feindlicher Mächte jedweder Schrecken genommen.

Es ist 04:30 Uhr, als die Trillerpfeife des „*UvDs*" uns aus dem Schlaf reißt. Grundgütiger! Es ist noch mitten in der Nacht und draußen ist es finster wie im verlängerten Rücken eines Bären. Und kalt ist es außerdem; sehr kalt.

Wir gehen gemächlichen Schrittes in den Waschraum, geben uns der Morgentoilette hin, kleiden uns an und kommen der höflich ausgesprochenen Bitte nach das Frühstück einzunehmen.

Wie schön könnte das sein; doch die raue Wirklichkeit sieht ganz anders aus:

Im Laufschritt in den Waschraum, hurtig geduscht, im Eiltempo in die Kleidung geschlüpft und dann im Gleichschritt zum Frühstück.

Weil das heute Morgen nicht zur völligen Zufriedenheit der Vorgesetzten geklappt hat, werden wir im Anschluss an das Frühstück zum „*Maskenball*" gebeten.

Das heißt nichts anderes, als rascher Kleidungswechsel gegen die Zeit.

„*In zwei Minuten im Arbeitsanzug angetreten! Im Laufschritt marsch marsch!*"
„*In zwei Minuten im Kampfanzug angetreten! Im Laufschritt marsch marsch!*"
„*In Zwei Minuten im Dienstanzug angetreten! Im Laufschritt marsch marsch!*"

„Mantel anziehen und Waffe mitbringen!"

Nachdem wir keuchend und schwitzend diesen un-
terhaltsamen Teil des Tages hinter uns gebracht haben,
kommt jetzt die sogenannte *„Formalausbildung"*. Wohl-
gemerkt unterhaltsam für die Ausbilder; weniger für
uns. Wir marschieren in Dreierreihen mit geschultertem
Gewehr um sämtliche Blöcke. Ich habe das Privileg in
der ersten Rotte marschieren zu dürfen. Wenn es z.B.
heißt: *„Fliegerangriff, alles volle Deckung!"*, dann habe ich
Platz genug, um mich irgendwo in den Schnee zu
schmeißen und stolpere nicht über andere drüber. Jetzt
aber heißt es:

„Dritter Zug, im Gleichschritt marsch!"
„Dritter Zug, links schwenk marsch!"
„Dritter Zug, rechts schwenk marsch!"
„Dritter Zug, Abteilung halt!"

Es ist sehr rücksichtsvoll von unseren Ausbildern,
dass sie uns jedes Mal in Kenntnis setzen, dass wir gemeint sind. So erreichen sie auch ganz sicher die nied-
rigste IQ-Stufe unter den Soldaten. Wobei ich mir nicht
wirklich sicher bin, ob diese nicht bei den Ausbildern
selbst zu finden wäre.

Der wichtigste Teil unserer Ausbildung liegt zweifelsfrei im Erlernen des militärischen Grußes. Hier genügt kein *„Grüß Gott!"* oder *„Guten Tag!"* Oder nur ein
schlichtes *„Servus!"* Das ist einfach nicht zackig genug
und es würde den Soldaten vom gewöhnlichen Menschen nicht deutlich unterscheiden.
Also lernen wir den militärischen Gruß, will heißen
das urplötzliche Herausreißen der rechten Hand aus

seinem Ruhezustand und das ruckartige Führen derselben in Richtung Kopf, in der Hoffnung den rechten,
äußeren Rand der jeweiligen Kopfbedeckung punktge-
nau zu treffen. Das kann sein: Helm, Bergmütze,
Schildkappe oder Schiffchen.

Dass das nicht ganz einfach ist, zeigt die praktische
Übung. Immer wieder fallen Kommentare wie: *„Das ist
doch kein militärischer Gruß, Sie Pfeife!"* oder es erfolgt die
Aufforderung: *„Volle Deckung!"*, was zur Folge hat, dass
danach wieder sehr viel Reinigung der Bekleidung an-
fällt. Zum Glück trifft das bei uns derzeit nicht wirklich
zu, weil uns der dicke Schneeteppich vor dieser potentiellen Reinigung schützt.

Sehr viel Freude bereitet den Kameraden und auch
mir die Möglichkeit der musikalischen Erbauung. Die
Formalausbildung wird öfter angereichert mit fröhli-
chem Gesang. Dann klingt aus rauen Männerkehlen
markiges Liedgut mit erbauenden Texten, wie z.B.:

„Schwer mit den Schätzen des Orients beladen
ziehet ein Schifflein am Horizont dahin.
Sitzen zwei Mädel am Ufer des Meeres,
flüstert die eine der andern leis ins Ohr:
II: Frage doch das Meer, ob es Liebe kann scheiden,
frage doch das Meer, ob es Treue brechen kann. :II

Oder auch dieses Völker und Grenzen übergreifende
und ergreifende Lied:

„Wir sind Tiroler Schützen und haben frohen Mut,
wenn unsere Stutzen blitzen, trifft jede Kugel gut.
So leb denn wohl, du wunderbares Gamsrevier,

wir schießen überall und treffen jedes Mal,
so leb denn wohl, du wunderbares Gamsrevier,
wir treffen jedes Mal in Berg und Tal. "

Ich habe meiner Prinzessin schon mehrmals geschrieben; aber bisher noch keine Antwort erhalten. Ich
habe extra Briefpapier und Briefumschläge mit dem
Emblem der Kompanie (zwei gekreuzte Schwerter von
Eichenlaub umrankt) in der Kantine gekauft. Mutter
und Tante haben sofort geantwortet und sogar einen
Geldschein beigelegt. Ich verstehe nicht, warum Doro
nicht zurück schreibt. Post von irgendjemandem zu
bekommen ist mindestens so wichtig wie die tägliche
Mahlzeit und es ist das unumstrittene Highlight jeden
Vormittag, wenn ein Ausbilder die Namen der Post-
empfänger ausruft und von irgendwo her ein lautes und
freudiges „*hier!*" erschallt.

Wir haben in der kurzen Zeit unserer Ausbildung
schon sehr viel gelernt. Das verdanken wir unseren
Ausbildern und deren unermüdlichem Einsatz aus
Memmen Soldaten zu machen. Wir können jetzt schon
marschieren, singen, hinlegen, aufstehen, laut und deutlich „*hier*" und „*jawohl, Herr Unteroffizier!*" brüllen und
militärisch grüßen. Letzeres wird in ein paar Tagen sogar
geprüft werden.

Unser Kompaniechef ist ein strafversetzter Oberleutnant. Der Grund für seine Versetzung an diesen
unwirklichen Ort will sich uns nicht erschließen. Ich
vermute ja stark, dass er ein humorfreies Wesen ist, dem
ein Lächeln ebenso schwer fällt wie das Sprechen eines
akzentfreien Mandarins. Vielleicht ist er auch nur ein

„scharfer Hund", der sich etwas hat zuschulden kommen lassen.

Wie auch immer, er ist das Maß der Dinge bei der Grußabnahme. Man hat uns vorher gedroht, dass ein Versagen damit geahndet wird, dass der Betroffene nicht nach Hause fahren darf. Also heißt die Devise

„Alles geben und zackig gegrüßt!"

Die Prüfung geht folgendermaßen vonstatten: Der Auszubildende marschiert aus einer gewissen Entfernung auf den Herrn Oberleutnant zu, und sobald er in dessen unmittelbare Nähe kommt, schnellt seine rechte Hand zu dem - auf den zum Grüßenden hin gewendeten – Kopf, den rechten Rand der Kopfbedeckung suchend und dort so lange verharrend, bis er am Objekt der Begrüßung vorüber ist. Dann kehrt die Hand in ihre Ausgangsstellung zurück und der Kopf wendet sich wieder gerade aus.

Die Prüfung verläuft vorbildlich und alle Kameraden bestehen sie mit Bravour. Jetzt freuen wir uns schon auf die Vereidigung und die danach anstehende erste Heimfahrt. Sechs Wochen fern der Heimat und ohne die geliebten Menschen, das ist schon hart. Aber es sind ja nur mehr wenige Tage; dann ist es endlich so weit.

„Ich bete an die Macht der Liebe..."

Was für eine eindringliche Melodie und welch ein passender Text für die Vereidigungszeremonie für Soldaten, denen man das Kriegshandwerk beigebracht hat.

Der große Exerzierplatz ist voller Soldaten. Die ganze Kompanie ist zum ersten Mal in einem offenen Karree angetreten und der Herr Bataillonskommandeur ist erschienen, um die Veranstaltung mit seiner Gegenwart zu bereichern. Die Freiwilligen schwören und die Wehrpflichtigen geloben auf die Regimentsfahne das Land gegen alle Feinde von außen und von innen zu beschützen. Dann heißt es: „*Helm ab zum Gebet*" und der Musikzug intoniert „*Die Macht der Liebe...* "

Heute ist unsere erste Heimfahrt. Ich habe das große Glück, dass ein guter Bekannter aus meiner Nachbargemeinde mit seinem PKW zum Militär eingerückt ist und dass er bereit ist mich mitfahren zu lassen. Er ist in einem anderen Zug und so sind wir uns lange Zeit nicht begegnet, obwohl wir in derselben Kompanie unsere Ausbildung genießen. Durch einen Zufall sind wir uns dann einmal abends in der Kantine begegnet, als wir zu Klängen aus der Musikbox unser Feierabendbier getrunken haben.

Jetzt sitzen wir, zusammen mit noch zwei anderen Kameraden, in seinem Ford 12M „Weltkugel-Auto" und brausen dahin, Richtung Heimat und Familie. Und ich werde bald meine Prinzessin wieder sehen.

„Zweifle an der Sonne Klarheit,
zweifle an der Sterne Licht;
zweifle, ob lügen kann die Wahrheit,
nur an meiner Liebe nicht!"

So hat es Shakespeare in seinem „Hamlet" geschrieben, und so wie schon Ophelia nicht danach gehandelt hat, so hat es auch meine Doro nicht getan.

Nachdem sie meine Briefe nicht erhalten hat, weil sie von ihrem Vater abgefangen wurden, ist sie wohl davon ausgegangen, dass eine Blume verwelkt war, noch bevor sie voll erblüht war: unsere Liebe. An mich konnte sie ja nicht schreiben, weil sie keine Adresse von mir hatte; die wusste ich ja vorher selber nicht.

Mutter und Tante Luise staunen nicht schlecht, als sie ihren Sonnenschein in seiner schmucken Uniform sehen. Was ihnen weniger gut gefällt, ist mein Gewichtsverlust. Die viele „Gymnastik", die man uns Rekruten angedeihen lässt, hat meinen Körper sichtlich verschlankt und gestählt.

„Mein Gott, Junge! Bekommt ihr auch genug zu essen?", so die sorgenträchtige Frage meiner beiden Mädels. Ich versichere ihnen, dass das der Fall ist und dass es mir gut geht. Dann muss ich ihnen alles erzählen. Einige unschöne Erlebniss verschweige ich tunlichst, sonst hätten sie mich vielleicht nicht mehr zu meiner Einheit zurück kehren lassen.

Als ich am nächsten Tag in meiner Militärmontur die Bank betrete, sehe ich meine Prinzessin am Empfang sitzen. Freudig eile ich auf sie zu, um mich in ihrem Lächeln zu baden. Daraus wird aber nichts. Ein kühler Blick mit einem noch kühleren „Hallo" empfängt mich.

„Warum hast du nicht geschrieben?"
„Ich habe dir doch geschrieben; aber du hast nicht geantwortet!"

„Das ist nicht wahr; ich habe keinen einzigen Brief erhalten!"
„Das kann nicht sein; ich habe dir immer wieder geschrieben; aber du hast nicht geantwortet!"
„Unsinn! Ich habe keine Post erhalten!"
„Das ist völlig unmöglich; glaubst du mir etwa nicht?"

Es folgt ein betretenes Schweigen. Dann wendet sich Doro wieder ihrer Arbeit zu und lässt mich einfach stehen. Ich fühle, wie mir das Blut in den Kopf schießt. Ich verstehe die Welt nicht mehr, und ich begreife nicht, warum mir Doro nicht glaubt.

„Und was ist jetzt?", versuche ich das Gespräch fortzusetzen.

„Nichts!, Was soll sein?"

Die kurze Antwort und auch die Art, wie Doro das sagt, stoßen mich ab. Und bevor ich noch etwas dazu sagen kann, werde ich von einer anderen Kollegin angesprochen, die mir das Lächeln schenkt, das ich mir von Doro erwartet hätte.

Ich mache eine Runde durch das Gebäude, werde von allen bestaunt und erlebe das Phänomen vom *„Zauber der Montur"*. Der Herr Direktor, dem ich am Schluss meine Aufwartung mache, weist mir einen kleinen Geldbetrag an, den ich an der Kasse in Empfang nehme. Dann verlasse ich den Ort, an dem ich gerade eine unendlich große Enttäuschung erfahren musste, die mir schmerzlich auf der Seele brennt.

Eberhard, mein M12-Pilot, hat mich wieder sicher in die Kaserne zurück gebracht. Ich bin ganz froh wieder hier zu sein. Es soll mir helfen über die Enttäuschung schnell hinweg zu kommen.

Den angehenden Soldaten stehen zwei „*Spielwiesen*" zur Verfügung. Da gibt es zum einen das „*A-Gelände*", welches in unmittelbarer Nähe der Unterkunft gelegen ist und zum anderen das „*B-Gelände*", das weiter weg entfernt liegt. Dorthin zu gelangen ist recht mühsam, weil wir durch hohen Schnee stapfen müssen, was eine schnelle Ermüdung zur Folge hat.

Meine Körpergröße, 187 cm von Kopf bis Fuß, prädestinieren mich nicht nur in der ersten Rotte marschieren zu dürfen, sondern auch das MG zu tragen. Das bedeutet mit viel Gepäck reisen: Kampfanzug, Helm, Rucksack, Klappspaten und MG auf dem Buckel.

Nach einem Ausflug ins „*B-Gelände*" ist ein abendlicher Kantinenbesuch nur ein Wunschtraum. Dann ist die Müdigkeit stärker als der Wunsch nach einem Bier und ein paar Liedern aus der Musikbox. Und dann gibt es kein „*The last waltz*", „*These boots are made for walking*" oder "*Yesterday Man*". Dann heißt es nur noch ab in die Koje und „*Schlafe selig und süß!*"

Ein großer Event steht nun bald bevor. Gegen Ende der Ausbildung findet die sogenannte „*36-Stunden-Übung*" statt. Das soll der krönende Abschluss unserer Grundausbildung sein, wo wir zeigen können, was wir gelernt haben.

Es ist bitter kalt, als wir um 05:00 Uhr vor dem Gebäude antreten. Zu unserer Kampfanzugsmontur kommen jetzt noch eine zusammen gefaltet Zeltplane, das

63

Essgeschirr und die Feldflasche dazu. Und im Rucksack steckt ein „Epa", ein „Einsatz-Ess-Paket". Das besteht aus Brot, einer Art Pumpernickel, Schmalzfleisch und Wurst in kleinen Dosen, Dosenöffner, Trockenpulver für Suppe und Kaffee u.a. mehr.

Dann marschieren wir los. Das Ziel liegt ca. 30 km entfernt auf einer Anhöhe. Ich habe wieder die Ehre das MG tragen zu dürfen. Mein Gewehr trägt mein Hintermann. Schon bald fängt alles an zu schmerzen. Die Schultern ebenso wie die Füße.

Die Sonne kommt heraus und wir erleben ein herrliches Naturschauspiel. Schnee, Eis und die glutrote Sonne vereinen sich mit dem Geräusch knirschenden Schnees unter unseren Füßen zu einem tollen Gesamtkunstwerk und lassen mich für kurze Zeit die Schmerzen vergessen. Hinter der Marschkolonne fährt ein Jeep, der sogenannte „Lumpensammler". Er sammelt die Rekruten auf, die körperlich nicht mehr imstande sind weiter zu marschieren. Die Auswahl wird nach strengen Kriterien getroffen.

Irgendwann sind wir am Ziel. Wir ziehen in einem kleinen Wäldchen unter und richten uns sofort unsere Schlafstelle her. Ein Zelt wird aufgebaut und auf dem Innenboden werden Tannenzweige verteilt, die wir uns besorgt haben. Obenauf wird eine weitere Zeltbahn gelegt und darauf dann die Schlafsäcke. So finden zwei Mann Unterschlupf. Am Rand des Wäldchens wird ein „MG-Nest" eingerichtet, von dem man das gegenüber liegende Tal im Blick hat.

In der Nacht wir der Feind aus dieser Richtung erwartet. Das bedeutet ein wachsames Auge dorthin gerichtet halten. Ich habe die zweite Wache. Zusammen mit einem Kameraden liege ich in einer kleinen, mit Tannenzweigen ausgekleideten Kuhle auf dem Bauch und beobachte den gegenüber liegenden Hügel, den Finger feuerbereit am Abzug des MGs. Irgendwann beginnen die Bäume auf dem Hügel sich zu bewegen, was natürlich nur eine Sinnestäuschung ist.

Nach zwei Stunden kommt die Wachablösung und ich darf endlich eine Runde schlafen. So zumindest denke ich, was jedoch ein fataler Irrtum ist. Mein kleiner, schmächtiger Körper ist so durchgefroren, dass an einschlafen nicht zu denken ist. Als ich es irgendwann dann doch geschafft habe, ist das Vergnügen nur von kurzer Dauer, denn meine nächste Wache steht an.

„Alarm" Alarm! Zu den Waffen!"

Einige Stunden später treibt dieser Schrei die Schlafenden aus ihren Zelten. Es ist jedoch ein Fehlalarm. Es war nicht der Feind, es waren wohl die wandernden Bäume, welche die Wache schiebenden Kameraden erspäht hatten.

Es ist schon Tag und der Feind ist nicht gekommen. Also *„business as usual".*

"Alarm" Alarm! Zu den Waffen!"

Dieses Mal ist es kein Fehlalarm. Der Feind kommt in weißen Tarnhemden von der Rückseite durch den Wald gestürmt, wild schießend und laut brüllend. Bevor ich zu meinem Gewehr greifen kann, um mit *lautem* „*peng-peng*" rufend den Feind zu bekämpfen, schnappt mir ein übereifriger Ausbilder, im Rang eines Unteroffiziers, die Waffe weg und ballert wie blöd auf den Feind.

Ich könnte den Kerl erwürgen, hat er mir doch meinen Plan vereitelt nicht wirklich zu schießen, sondern nur so zu tun, um den Lauf der Waffe nicht zu verunreinigen. Wer schon einmal eine benutze Waffe gereinigt hat, wird mich verstehen. So stehe ich da, unbewaffnet, und schaue dem Spektakel zu. Ich könnte höchstens mit Schneebällen auf die „*Bösen*" werfen, hätte aber wenig Sinn; denn meine Kompanie, einschließlich meiner Person, wäre im echten Leben mausetot.

Hätte sich der Feind an die Absprache gehalten und wäre demgemäß über den Hügel vis-à-vis auf uns zugestürmt, dann hätte er was erleben können. Aber so...

Unsere Vorgesetzen, bis hin zum Herrn Oberleutnant, sind stinksauer über das feindliche Fehlverhalten. So etwas macht man nicht; das ist unfair. Aber das ist ja heute noch immer so, dass sich der Feind nie richtig verhält...

Die letzen Wochen der Grundausbildung sind angebrochen. Da ich jetzt schon genug habe vom Krieg spielen und vom theoretischen Unterricht in völlig überheizten Baracken, wo man jedes Mal gegen das Einschlafen kämpfen muss, beschließe ich eine Auszeit zu nehmen. Das geschieht in Form einer Grippe.

So liege ich dann im Lazarett, kann schlafen, so viel ich will, bekomme die Mahlzeiten ans Bett gebracht und höre Musik aus meinem Kofferradio. Gelegentliche Besuche von Stubenkameraden runden das Wohlfühlpaket ab.

Kurz vor Ausbildungsende werde ich aus dem Lazarett entlassen, bekomme aber Stubendienst verordnet, weil ich glaubhaft darstellen kann, dass ich noch sehr geschwächt bin.

Dann ist er da, der heißersehnte Tag der Übersiedlung von der Hölle ins Paradies. Wir werden noch schnell zum „*Gefreiten*" befördert und auf LKWs verteilt, die uns zu den verschiedenen Einheiten kutschieren werden.

Jetzt bin ich ein richtiger Soldat. Ich kann schießen, marschieren, Lieder singen und ich kann die Flugbahn eines Geschosses berechnen. Herz, was willst du mehr?

Sommer

Die schier endlose Fahrt endet auf einer Anhöhe über einer kleinen Kurstadt. Die Unterkunft gleicht einem 5-Sterne-Hotel, gemessen an dem, was wir bisher hatten. Wir sind sieben Soldaten, die in die nagelneue Kaserne kutschiert wurden und wir hätten auch in einen Kleinbus hinein gepasst. Die Fahrt wäre wohl um einiges bequemer verlaufen. Genau genommen sind wir sechs Fahrgäste, denn Eberhard, der 12M-Pilot aus dem Nachbarort ist ja selbst gefahren.

Was sofort angenehm auffällt, ist der beinahe schon salopp anmutende Ton, der hier herrscht. Kein Gebrüll, kein ständiges militärisches Grüßen und kein „marsch marsch!". Angenehm, sehr angenehm.

Wir werden, je nach Fähigkeit, aufgeteilt. Unsere Arbeitsplätze heißen: Schirrmeister, Kleiderkammer, Werkstatt, Schreibstube, Stab und ReFü. Eberhard, der gelernter Elektriker ist, wird den Fernmeldern zugeteilt. Was bei der Wehrmacht noch „*Zahlmeister*" hieß, heißt jetzt „*Rechnungsführer*" bzw. „*ReFü*". Und dem werde ich zugeteilt.

Mein direkter Vorgesetzter ist ein Hauptfeldwebel, ca. vierzig Jahre alt und ein Meister der Entschleunigung. Er sitzt hinter seinem Schreibtisch, raucht seine Pfeife und ist mir auf Anhieb sympathisch. Er führt mich mit viel Geduld und Hingabe in mein neues Betätigungsfeld ein.

Unser aller Vorgesetzter und Kompaniechef heißt *„Panzer-Edi"*. Dieser zunächst despektierlich anmutende Name ist jedoch ein besonderes Prädikat. Hauptmann Eduard Fiedler, wie der kleine, drahtige Mann heißt, war als blutjunger Mann bei der Wehrmacht und hat mit seiner Panzerfaust mehrere Panzer abgeschossen. Diese Heldentat hat ihm den Spitznamen *„Panzer-Edi"* eingebracht.

Auch er ist sehr sympathisch. Aber der sympathischste ist ohne Zweifel der Spieß, respektive Kompaniefeldwebel. Ein Mann, weit jenseits der fünfzig, einem Lächeln nie abgeneigt, voller Güte und Verständnis. Es ist mir ein Rätsel, wie so ein Mensch sich dem Soldatenleben verschreiben konnte.

Meine Garnison liegt nur knappe siebzig Kilometer von zuhause entfernt. Das bedeutet, dass ich jetzt an den dienstfreien Wochenenden mit dem eigenen Auto fahren kann. Ich habe das große Glück, dass mein Stubenkamerad Fritz auf der Schreibstube seinen Dienst verrichtet. Ihm verdanke ich, dass ich relativ selten *„UvD-Dienst"* oder *„Wachdienst"* habe.

Heute hat es mich erwischt; ich habe Wachdienst. Meine Wache muss ich im Munitionslager leisten und sie beginnt um 02:00 Uhr und geht bis 04:00 Uhr.

Wir sind zu zweit und unsere Aufgabe besteht darin, innerhalb des umzäunten Geländes zu patrollieren.

Durch das Gelände führt eine schmale, asphaltierte Straße, die rechts und links von Munitionsbunkern flankiert ist. Das sind Holzkästen im Ausmaß von zwei nebeneinander liegenden Särgen, nur doppelt so hoch.

Die meisten sind bestückt und versperrt. Einige davon sind leer und sehr verführerisch.

Mein „*Wachemitbruder*" ist ein pfiffiges Kerlchen aus Aachen, der mich ständig insistiert in einem der Holzkästen Zuflucht zu suchen. Es ist Nacht, es nieselt leicht; mit einem Wort: es ist äußerst ungemütlich.

Irgendwann hat er mich weichgeknetet und ich geb seinem Drängen nach. Wir schlüpfen in den Kasten hinein und er erbietet sich die erste Stunde zu wachen, um mich dann für die zweite Stunde unserer Schicht zu wecken.

Als ich durch ein Geräusch wach werde und meine Taschenlampe anknipse, trifft mich fast der Schlag. Da sitzt er nun, mein Wachkamerad, in sich zusammen gesunken und schläft wie ein Butzi. Ich schaue auf die Uhr und mein Pulsschlag verdoppelt sich schlagartig.

Es ist 05:30 Uhr und die Wachablösung hätte bereits vor eineinhalb Stunden stattfinden sollen. Ich fauche den Kameraden an und muss mich stark zurück halten, dass ich nicht handgreiflich werde. Höchste Eile ist geboten. Im gestreckten Galopp geht es nun zum Wachhäuschen, in welchem zum Glück nur gleichrangige Kameraden sind, welche friedlich schlafen.

Ich wecke unsere Ablösung, die sich eilen müssen die letzten verbleibenden Minuten Wache zu schieben. Um 06:00 endet die gesamte Nachtwache und ein Jeep kommt, um uns alle abzuholen und zur Hauptwache zurück zu bringen

Der „*OvD*", das ist der „*Offizier vom Dienst*", kontrolliert Stichproben-weise die Wache im Munitionslager. Wir hatten das unverschämte Glück, dass er in der vergangenen Nacht wohl keine Lust dazu hatte. Wenn wir erwischt worden wären, hätte das schlimme Folgen für uns gehabt. Ein Wachvergehen ist, selbst in Friedenszeiten, kein Kavaliersdelikt.

Günther kommt aus dem Bergischen Land und ist Unteroffizier im Stab. Er hat das Nachfolgemodell meines „*DKWs Junior de Luxe*", vulgo „*F11*" und ich würde gern einmal damit fahren. Günther ist auch sehr dem „*Geistigen*" zugetan, und ich meine dabei nicht das gesprochene Wort, sondern den Alkohol.

Heute ist es soweit. Als ich vom Nachtmahl kommend Richtung Unterkunft gehe, fragt er mich, ob ich Lust hätte, zusammen mit zwei anderen Kameraden in den Kurpark zu fahren, um Minigolf zu spielen. Ich bejahe freudig die Frage, möchte mich aber zuvor noch schnell in Zivilklamotten stürzen. „*Das sei nicht nötig*", so Günther, „*wir würden nach der Minigolfpartie direkt zurück in die Kaserne fahren*".

Ich zögere einen kurzen Moment, weil ich mich nicht gern außerhalb der Kaserne in Uniform bewege, willige dann aber doch ein. Die Möglichkeit einen „*DKW F12*" zu lenken, ist einfach zu verlockend.

Und so fahren wir vier in sommerlicher Dienstkleidung, d.h. graue Hose, Halbschuhe, blaues Hemd, dunkelblauer Binder, Schildkappe, hinunter in den Kurpark und spielen Minigolf.

Nach der Partie schlägt Günther vor, nach Steinbach in die Brauereigaststätte zu fahren. Er hat schon vor geraumer Zeit ein Auge auf eine der drei Wirtstöchter geworfen und so verwundert sein Vorschlag nicht wirklich. Offiziell fahren wir aber wegen der Riesenschnitzel und des guten Bieres wegen dorthin.

Bier-Jägermeister-Bier und wieder Jägermeister; das ist eine teuflische Mischung. Runde um Runde kommt auf den Tisch, und jedes Mal, wenn sich Günthers Angebetete nähert, leuchten seine Äuglein und der Pulsschlag steigt. Und mit ihm steigt auch der Alkoholpegel.

Als ich mit größter Konzentration den „F12" mit Inhalt in die Kaserne zurück lenke, ist noch heller Tag. Gott sei Dank kommen wir unbeschadet dort an.

Das üppige Essen und er viele, abwechslungsreiche Alkohol bedrängen heftig meinen Magen. Er fühlt sich schlichtweg überfordert und tut dieses in eindrucksvoller Weise auch kund. Leider ist er dabei schneller als mein Kopf. Noch bevor ich mich mit der Thematik intensiver auseinander setzen kann, reißt der Film.

Der schrille Pfiff des „UvDs" und seine ausgesprochene Bitte die Nachtruhe zu beenden, reißen mich aus dem Schlaf. Mein Kopf hämmert und der Geschmack in meinem Mund ist nicht wirklich angenehm. Ich blicke in die verschmitzten Gesichter meiner Stubenkollegen, die mir genüsslich den gerissenen Film vom vergangenen Abend, in Form eines Wassereimers zu Ende vorführen, in welchem mein blaues, mageninhaltlich reflektiertes

Uniformhemd, nebst Zigaretten und Feuerzeug einge-
weicht liegen.

Jetzt habe ich ein Riesenproblem. Der gemeine Soldat besitzt zwei Blauhemden. Eines, das sich in der
Wäscherei befindet und ein zweites, welches er am Lei-
be trägt. Ich bin in der misslichen Lage, weder über das
eine noch über das andere verfügen zu können.

Eile ist nun geboten. ich haste von Stube zu Stube, in
der Hoffnung einen edlen Spender zu finden. Und ich
habe Glück: Eberhard, mein *„M12-Kamerad"*, borgt mir
seines aus, das er schon für die Wäscherei hergerichtet
hat. Es riecht zwar etwas streng und ist leicht zerknit-
tert; aber es ist ein Hemd.

Als ich es angezogen habe, schrumpft meine Freude
merklich. Die Ärmel sind viel zu kurz und die Man-
schettenknöpfe lassen sich nicht schließen. Eberhard ist
gut ein Kopf kleiner als ich und demzufolge sind seine
Arme auch kürzer als die meinen.

Ich versuche das Beste daraus zu machen. Das geht
so lange gut, bis wir zum Morgenappel antreten müssen.
Wie schon in der Grundausbildung, stehe ich auch hier
in der ersten Reihe. Der Kompaniefeldwebel, der antreten hat lassen, erblickt mich und lässt laut sein Stimmlein erschallen (es ist übrigens nicht mehr der alte Spieß,
der ist leider in den Ruhestand verabschiedet worden).

„Gefreiter Hoffmann, fünf Schritte vortreten!"
„Gefreiter Hoffmann, kehrt!"
„Gefreiter Hoffmann, grüßen Sie militärisch:"

Dass er immer wieder meinen Namen nennt, finde ich total übertrieben. Mir war schon beim ersten Mal völlig klar, dass ich damit gemeint bin.

Als sich meine rechte Hand vorschriftsmäßig meiner rechten Schläfe nähert, geschieht das Unvermeidbare. Der Ärmel rutscht in „*slow-motion*" in Richtung Ellenbogen. Die Kompanie ist hellauf begeistert. Das äußert sich in einem Gelächter, das wahrscheinlich im gesamten Standort zu hören ist.

Es ist zwar Sommer, aber die Schweißperlen, welche sich kontinuierlich bilden, sind ganz sicher nicht diesem Zustand geschuldet; denn es ist noch zeitig am Morgen. Ich kann mich auch nicht dem fröhlichen Gewieher meiner Kameraden anschließen. Und augenscheinlich auch nicht der Herr Oberfeldwebel.

Der Herrgott mag wohl in diesem Augenblick ein Einsehen mit mir haben, denn „*Panzer-Edi*" biegt gerade um die Ecke und wohnt dem Spektakulum bei. Der Kompaniefeldwebel macht dem Herrn Hauptmann sofort Meldung.

„*Jetzt ist alles aus*", denke ich und bin mehr als überrascht, als auf dem Gesicht von „*Panzer-Edi*" ein breites Grinsen aufleuchtet. Nun sind dem Herrn Oberfeldwebel die Hände gebunden; er muss diese Posse wohl oder übel mitspielen.

Ohne den Herrn Hauptmann wäre diese Angelegenheit für mich sicher übel ausgegangen; denn der Herr Oberfeldwebel und ich sind sich nicht besonders grün.

Anders bei „*Panzer-Edi*". Er hat mich nicht nur zum „*Hilfsbeisitzer beim Truppendienstgericht*" gemacht, sondern auch schon eine Zigarette bei mir geschnorrt.

Jetzt habe ich nicht nur eine wunderschöne paspelierte Uniform und einen modernen, schmalen Binder verpasst bekommen, sondern auch einen eigenen Fahrer, der mich auf Anforderung mit dem Jeep zur Verhandlung fährt.

Einige Wochen sind vergangen und nun sitze ich auf dem Beifahrersitz eines LKWs und genieße, bei offenem Verdeck, die vorbei fliegende Landschaft. Es hat einige Mühe gekostet diesen Platz zu ergattern; denn dienstgradmäßig stünde mir nur ein Sitzplatz hinten auf der Ladefläche zu. Aber schließlich hat man ja seine Beziehungen.

Wir ziehen ins Manöver. Das Manövergelände ist riesengroß und wir teilen es mit unseren Befreiern, welche den Hauptanteil der Fläche bevölkern. Unsere Baracken sind ca. 60 Meter lang. In der Mitte ist ein Gang, der nach beiden Seiten in einer Türe endet. Rechts und links des Ganges stehen Feldbetten in Reih und Glied und hinter diesen befinden sich große Holzkisten, die als Kleidertruhe fungieren.

Die „*Funktioner*", zu denen auch ich gehöre, das sind Schreibstubenhengste, Schirrmeister, Stabspersonal und Rechnungsführer hausen tagsüber in einer gesonderten Baracke, und tragen, im Gegensatz zur restlichen Truppe, blaue Sommerdienstbekleidung.

„*Funktioner*" sind keine Roboter in Menschengestalt, wie man leicht denken könnte, sondern Soldaten, die eine Funktion ausführen. Das heißt aber nicht zwingend, dass sie auch tatsächlich funktionieren…

Wir „*Funktioner*" sind privilegiert und müssen auch nicht an irgendwelchen Übungen teilnehmen. Zumindest bis heute war das so. Ich weiß nicht, ob ich der Reizfaktor im Auge des Kompaniefeldwebels bin, als dieser befiel, die Funktioner sollen in zwei Schichten zum Schießen gefahren werden.

Das Schießen mit dem „*G3-Gewehr*" findet ca. 2-3 km außerhalb statt. Die Soldaten liegen auf dem Bauch und zielen auf Pappkameraden, die in einer Entfernung von 50m aufgebaut sind. Die Pappkameraden sind mit einem Zugseil verbunden, mit welchem sie – auf Pfiff – von der Horizontalen in die Vertikale gezogen werden, um dann nach ein paar Augenblicken und einem weiteren Pfiff –wieder in die Horizontale zurück zu kehren. In diesem kurzen Zeitfenster hat der Soldat Gelegenheit seinen Schuss abzugeben. Dieses Prozedere wiederholt sich dann mehrere Male.

Ich liege auf dem Bauch, das Gewehr fest an die Schulter gepresst und warte, dass der böse Feind aus Pappe erscheint. Ein lauter Pfiff und da ist er auch schon. Ziel erfassen und Schuss. Getroffen! Ein Pfiff und der ins Herz getroffene Feind kippt nach hinten um.

Gespannt warte ich auf den nächsten Pfiff, aber nichts geschieht. Stattdessen macht sich eine gewisse Unruhe breit.

„Welcher Idiot liegt in Schützenstellung drei?", so die Frage von *„Panzer-Edi"*.

„Gefreiter Hoffmann!", so die Antwort meiner Schießaufsicht.

Damit bin wohl ich gemeint.

„Er soll verschwinden; aber pronto! Alle Funktioner sofort zurück ins Lager!", so der unmittelbar darauf erfolgende Befehl von *„Panzer-Edi"*.

Ich bin verwundert über die Aussage von meinem Lieblingskompaniechef. Ich frage mich, wieso ich in Ungnade gefallen bin. Wenig später erfahre ich es. Ich habe das Zugseil durchschossen und somit dem Pappkameraden das Aufstehen unmöglich gemacht. So ein Pech aber auch...

Ein unbeschreibliches *„Highlight"* ist ohne Frage der Besuch der sanitären Anlage. Ähnlich den Toiletten auf Autobahnraststätten ist auch die Anordnung der Sitzgelegenheiten im militärischen-Sanitärbereich. Kabine neben Kabine. Nur halt ohne Türen und die gemauerten Rück- und Seitenwände sind nur 80cm hoch.

So säßen die Gesäße Seite an Seite in einer 15-er Reihe und Rücken an Rücken mit weiteren 15 Mann, wenn denn alle 30 Gesäßplätze besetzt wären, was ja nie der Fall ist.

Wo normalerweise Fenster angebracht sind, sind fenstergroße, rechteckige Löcher in die Wand gehauen und somit ist eine durchgehend aktive Lüftung gewähr-leistet.

Die Möglichkeiten der Freizeitgestaltung sind sehr begrenzt. Die Etablissements der Amis sind für uns tabu und das Areal, in welchem wir uns bewegen dür-fen, ist genau festgelegt. So bleiben nur das Karten- und das Würfelspiel.

Aber auch so kann man sein schmales Soldatensalär hurtig verbraten, wenn Karten und Würfel nicht wohl-gesinnt sind.

Es finden sich immer wieder Gruppen, die pokern oder „*Bayrische Bank*" spielen. Dabei kann es schon pas-sieren, dass Mitte Monat auch Ende Monat bedeutet. Aber auch das ist nicht weiter schlimm; denn außer für Eis oder Getränke brauchen wir hier in der Wüste kein Geld.

Nach vier Wochen ist der Spuk wieder vorbei. Wir fahren zurück in unseren Standort, genießen die sanitä-ren Anlagen und hier im Besonderen, dass die WCs Rückwände, Seitenwände und Türen haben.

Woche um Woche vergeht, ohne dass etwas Nen-nenswertes geschieht. Dann ist Dezember und der Tag meiner Volljährigkeit rückt näher. Ich lade ein paar Freunde ein mit mir in der Stadt zu feiern. Eigentlich sind es keine echten Freunde; ich möchte sie lieber als „*Sympathieträger*" bezeichnen.

Mein Geburtstag fällt auf einen Montag. Ich kann ihn leider nicht mit meinen Lieben zuhause feiern, denn meine Weihnachtsdienstbefreiung beginnt erst ein Tag vor Heiligabend und da werde ich dann mit meinen wirklichen Freunden feiern.

Also fahren wir in unser Stammlokal und stoßen auf den Jubilar an. Es dauert auch nicht lange und ein paar einheimische Mädchen gesellen sich dazu. Ich nehme auch deren Glückwünsche entgegen und lade sie auf ein Getränk ein.

Es mag gegen 22:00 Uhr sein, als eines der Mädchen bittet nach Hause gefahren zu werden. Sie wohnt 3km außerhalb und ein Bus fährt um diese Zeit nicht mehr. Keiner der Anwesenden erklärt sich bereit diesen Kavaliersdienst zu leisten. Vielleicht liegt es auch daran, dass sie keine der wilden Hummeln ist, die sonst noch in solchen Soldatenkneipen herum schwirren.

Da beschließe ich mein neues Lebensalter mit einer guten Tat zu beginnen und fahre das Mädchen nach Hause. Sie zeigt mir den Weg und dann parken wir in einer wenig beleuchteten Straße. Sie fordert mich auf den Motor abzustellen und beugt sich dann über meinen Schoß.

Was jetzt folgt, soll unbeschrieben bleiben. Es ist eine Überraschung der besonderen Art und ich fühle mich vollkommen überrumpelt. Ich betrachte das Ganze als Geburtstagsgeschenk und ich genieße es über die Maßen.

Als ich drei Tage später nach Hause fahre, schneit es. Gerade noch rechtzeitig zu Weihnachten. Am Abend haben wir dann meinen Geburtstag nachgefeiert. Die üblichen Verdächtigen sind gekommen und – obwohl am nächsten Tag Heiligabend ist – wird es eine lange, feuchtfröhliche Nacht.

Am 27. muss ich wieder einrücken. Die letzten Tage habe ich sehr genossen. Ausgehen, lange ausschlafen, von Mutter und Tante verwöhnt werden, das hat schon etwas.

Das neue Jahr hat gut begonnen und die letzten sechs Monate meiner Dienstzeit auch. Einige Wochen sind vergangen, als mich „*Panzer-Edi*" zu sich zitieren lässt. Er eröffnet mir, dass ich in meiner Funktion als „*Hilfsbeisitzer beim Truppendienstgericht*" einer Verhandlung beiwohnen müsste.

Ein Fahrer fährt mich dorthin und ich komme mir unheimlich gut dabei vor. Es geht um einen einzelnen Fall, der verhandelt werden soll. Ein Soldat, der „*GvD-Dienst*" hatte (es handelt sich hierbei um einen wehrpflichtigen Gefreiten), hat einen „*OvD*", der ihn kontrolliert hat, tätlich angegriffen.

Nur zur Erklärung: Der „*UvD*" (der mit der Affenschaukel) hat an seiner Seite einen „*GvD*", quasi einen Gehilfen, der Telefondienst hat, wenn der „*UvD*" die Kompanie zum Essen führt oder wenn er Stubendurchgang macht. Dieser hat natürlich keine schmucke Affenschaukel.

Der „*OvD*" (Offizier vom Dienst) hingegen steht über diesen beiden und kontrolliert sie, ob sie ihren Dienst auch ordentlich versehen. Der hat auch eine Affenschaukel umhängen. Er ist ein „*Portepeeträger*" und ist im Allgemeinen im Rang eines höheren

Unteroffziers. „*Portepee*" ist eine französische Bezeichnung für eine Kordel oder Quaste am Säbel.

So, jetzt aber genug „*Militärlatein*" und zurück zum Fall:

Was nun genau in der „*UvD*"-Kabine geschehen war, will sich mir nicht erschließen. Fest scheint nur zu stehen, dass besagter Gefreiter die Tür hinaus versperrt hat und der Herr „*OvD*" nicht entweichen konnte. Das ist natürlich starker Tobak und unverzeihlich.

Das Gerichtsgremium besteht aus einem Berufsrichter in schwarzer Robe, einem Stabsoffizier in Uniform und meiner Wenigkeit. Ich darf nur Verhandlungen beiwohnen, in welchen der Beklagte nicht über meinem Rang steht.

Der Stabsoffizier, es ist ein Major, beantragt eine saftige Geldstrafe, welcher der Mann im schwarzen Gewande unverzüglich zustimmt. Ich bemühe mich die Geldstrafe in ein längeres, scharfes Ausgehverbot umzuwandeln, was abgeschmettert wird.

Die Geldstrafe mache ein Vielfaches des monatlichen Soldes eines Gefreiten aus und ist aus meiner Sicht völlig überzogen. Aber das Kräfteverhältnis 2:1 hat klar zu Ungunsten des Delinquenten entschieden und mir bleibt nur das Gefühl der Ohnmacht.

Die Rückfahrt verläuft still verhalten. Wir unterbrechen sie, um meinen Frust mit etwas Alkohol hinunter zu spülen. Wie heißt es? Vor Gericht und auf hoher See ist man in Gottes Hand. Das gilt aber nur im zivilen

Leben. Beim Militär gehen die Uhren anders; da ist man in der strengen Hand des Kommiss. Und nur in seiner!

Ein Maßband zum Nähen und Zuschneiden misst 100cm. Und ein solches hängt seit einigen Tagen an der Innenseite meines Spindes. Es symbolisiert die letzen 100 Tage Wehrdienst. Jeden Morgen wird 1cm abgeschnitten. Das ist ein heiliger Akt, der viel Lebensfreude für den neuen Tag beschert.

Ganz besonders viel Freude hält der heutige Tag für mich bereit.

Mein Kamerad aus Aachen, mit dem ich mir vor einiger Zeit ein Wachvergehen geleistet habe, das Gott sei Dank ungeahndet geblieben ist, weil nicht erwischt, spricht mich beim Mittagessen an. Er möchte am Abend mit mir in die Stadt fahren, um sich zu amüsieren.

„Du fährst, ich reiße die Bräute auf und dann machen wir Party.", so sein überraschender Vorschlag.

Ich bin erst einmal sprachlos. Sprachlos deshalb weil er gerade mich anspricht. Wir haben seit der unseligen Nachtwache im Munitionslager nicht mehr miteinander gesprochen, und vom Wesen her sind wir unterschiedlich wie Tag und Nacht. Er, der forsche, vorlaute Extrovertierte und ich, der eher Zurückhaltende.

Ich vermute, dass er keinen anderen gefunden hat, mit dem er hätte mitfahren können. Ich überlege kurz und sage dann zu. Vielleicht ist es das potentielle Abenteuer, das mich reizt; ich weiß es nicht.

Das „*Tannhauser*" ist eine große, alt eingesessene, bessere Gastwirtschaft, die am Abend Live-Musik anbietet. Drei Mann machen Musik für die Kurgäste und die Soldaten, die nicht nur dem Alkohol hinter her hecheln.

Sperling, so heißt mein Kamerad, und ich betreten das „*Tannhauser*", in dem schon kräftig das Tanzbein geschwungen wird. Wir setzen uns an einen Tisch und bestellen etwas zu trinken. Kurz darauf steht Sperling auf und mit einem „*ich komme gleich wieder*" geht er zu einem Tisch hin, an welchem zwei Mädchen sitzen. Er lädt sie an unseren Tisch ein und wir tanzen mit den beiden.

Die eine unserer Tischdamen ist blond und etwas jünger als die andere. Sie passt gut zu Sperling, der auch nicht sehr groß ist. Die andere ist brünett, groß und eher eine graue Maus, gemessen an der pfiffigen Blonden.

„*Ich hole jetzt zwei Flaschen Wein und dann fahren wir zu euch nach Hause und machen Party!*"

Es folgt allgemeine Zustimmung auf Sperlings Vorschlag, und der einzige, der etwas überrascht ist, bin ich. Ich verstehe nicht, wie einfach das geht und dass es funktioniert.

Beim Verlassen des Lokals gehen Sperling und der Blondschopf schon fest umschlungen. Er veranschaulicht mir damit ganz klar die Verteilung der Rollen.

Wir fahren eine knappe halbe Stunde bis zur Wohnung von Gerda, so heißt die mir überlassene „*Braut*".

Sperlings Blondschopf heißt Christa und hat selbst noch keine Wohnung. Was dann geschieht, sieht aus wie einstudiert, obwohl das natürlich nicht der Fall ist.

Wir betreten Gerdas Wohnung und der Blondschopf biegt mit Sperling rechts ab in die Küche. Christa nimmt mich bei der Hand und führt mich weiter gerade aus in ihr Wohnzimmer. Dann sperrt sie die Türe ab.

Wir setzen uns und öffnen die eine der beiden Weinflaschen. Wir prosten einander zu und ich fühle mich plötzlich völlig verunsichert. Ich kann mit der Situation nicht gut umgehen.

Christa löst diesen Gordischen Knoten, indem sie sich entkleidet. Sie tut das mit einem so lieben Lächeln, dass ich es ihr gleich tue und es fällt mir noch nicht einmal schwer.

Dann lieben wir einander.

Als es vorüber ist, bin ich völlig aufgewühlt. Wir kleiden uns wieder an und trinken weiter unseren Wein. Dann bittet Christa mich mit ihr zu gehen; sie möchte mir etwas zeigen. Sie führt mich in einen dunklen Raum; macht aber kein Licht.

Im Schein des vom Wohnzimmer herein fallenden Lichtes erkenne ich ein Kinderbett und einen darin schlafenden Jungen. Auf dem gegenüber stehenden Tisch ist eine kleine Eisenbahn aufgebaut.

„Das ist mein Sohn Martin", erklärt mir Christa und schaut mich dabei lächelnd an. Das verwirrt mich aufs Neue

und macht mich verlegen. Ich nicke nur stumm und wir gehen zurück ins Wohnzimmer.

Das leise Klopfen an der Tür kommt mir sehr gelegen, bewahrt es mich doch davor etwas sagen zu müssen. Es sind Sperling und Gerda.

„*Wir müssen dann!*", sagt Sperling und sein Gesichtsausdruck erstaunt mich. Wenig später weiß ich warum.

„*Die blöde Kuh hatte ihre Tage!*", sagt Sperling zerknirscht und fragt mich dann, wie es denn bei mir gewesen sei. Ich male mein Liebeserlebnis in den buntesten Farben aus. „*Das ist die gerechte Strafe für die Geschichte im Munitionsbunker*", denke ich und genieße diesen Sieg in vollen Zügen.

Während wir durch die Nacht in Richtung Kaserne fahren, geht mir vieles durch den Sinn. Ich hatte mir meine erste Liebesnacht ganz anders vorgestellt. Mit Kerzenlicht und Musik; romantischer eben. Und was da vorhin geschehen ist, war eine nüchterne Aktion; ohne jeden Glanz.

Aber immerhin: ich habe mit einer Frau geschlafen und es war ganz schön aufregend!

Das Maßband an der Innenwand meines Spinds schmilzt dahin und es ist eine große Freude dabei zuzuschauen, wie der Tag meiner Entlassung immer näher rückt.

Dann ist er da. Wir geben dem Staat unsere Kleidung und unsere Ausrüstungsgegenstände zurück und legen unsere Zivilklamotten an. Dann nehmen wir noch unsere Beförderung zum „*Gefreiten der Reserve*" entgegen und diverse Papiere und das eine oder andere freundliche Wort unserer Vorgesetzten. Das alles geschieht mit einem breiten Grinsen auf unseren Gesichtern.

Ich verabschiede mich von meinen Mitreservisten, setze meinen selbst gebastelten Reservistenhut auf und steige ins Auto. Ein wohliges Gefühl begleitet mich, als ich zum letzten Mal und laut hupend unter dem Schlagbaum vor dem Kasernentor hindurch fahre, und der Wachposten mir fröhlich zuwinkt.

Ich habe dem Vaterland 18 Monate treu gedient, und ich bin nicht mehr der, der ich einmal war. Ich habe meine körperliche und meine moralische Jungfräulichkeit verloren, und ich hoffe, dass ich die eine von beiden wieder zurück erobern kann.

Herbst

Ich könnte im Besitz eines halben VW-Käfers sein.

Rein theoretisch natürlich.

So viel Geld habe ich in den letzten 18 Monaten verjuxt, als ich *„des Kaisers Rock"* trug. Und das auch nur, weil irgendein Menschlein bei meinem davorigen und jetzt wieder aktiven Arbeitgeber ein folgenschweres *„JA"* ausgesprochen hat.

Als ich zum ersten Mal die Bank in meiner Garnisonsstadt aufgesucht und einen von mir ausgestellten Barscheck vorgelegt habe, hat mir der Mann am Bankschalter die Auszahlung verweigert.

„Wir nehmen keine fremden Schecks!", so seine Begründung.
„Ich bin aber ein Kollege von Ihnen; bitte rufen Sie bei meiner Bank an und lassen sich die Deckung bestätigen!", so darauf meine Bitte.

Und dann nahm das Schicksal seinen Lauf. Das Menschlein am anderen Ende der Telefonleitung muss mir eine so tolle Bonität bestätigt haben, dass ich fortan Scheck um Scheck ausstellte und mein Schuldenhäuflein zu einem ordentlichen Haufen mutierte.

Jetzt bin ich wieder aktiver Mitarbeiter, habe in den letzten 18 Monaten viel vergessen und muss mich mühsam wieder einarbeiten. Und nebenbei meine Schulden abarbeiten.

Die Zeit beim Militär hat mich schon sehr geprägt. Ich bin mir nur nicht sicher, ob das von Vorteil ist. Was sich auf alle Fälle verändert hat, ist mein Verhalten dem anderen Geschlecht gegenüber. Ich bin wohl etwas mutiger als noch vor einiger Zeit.

Die Liebe meines Lebens hat sich mir noch nicht aufgetan. Es sind wohl mehr Liebekleien, die einzig auf das eine hinzielen: Beute machen. Doch noch nicht einmal das funktioniert so richtig. Der Einfluss von Mutter und Tante ist noch von so großer Wirkungskraft, dass ich nach wie vor mehr Schaf als Wolf bin.

Das ändert sich als ich Sigrid kennen lerne. Sie arbeitet ganz in der Nähe als Verkäuferin in einem Bekleidungshaus. Sie ist hübsch, blond, hat eine gute Figur und tolle Beine. Und sie ist lustig. Meine Einladung für einen Kinobesuch nimmt sie auch sofort an.

Doro und ich begegnen uns neutral. Es ist schon sehr erstaunlich, dass das funktioniert. Es ist auch kein Hass zwischen uns; im Gegenteil. Wir benehmen uns wie zwei gute Bekannte. Bedingt durch unseren gemeinsamen Arbeitsplatz, begegnen wir uns zwangsläufig und die Konversation beschränkt sich dabei auf rein berufliche Dinge.

Mein Versuch Klarheit in unsere gebrochene Beziehung zu bringen hat Doro mit der Behauptung erstickt, ich hätte ihr nicht ein einziges Mal geschrieben. Meine Beteuerung, dass das nicht stimme, hat sie abgeschmettert. Und zum absoluten Schlusspunkt hat sie die Rückgabe des Freundschaftringes gemacht, der mir von einer

Kollegin in einem Briefumschlag unkommentiert übergeben wurde.

Ich habe mich irgendwann damit abgefunden. Und außerdem habe ich jetzt ja Sigrid.

Die Beziehung mit Sigrid wird immer intensiver. Ich verkehre jetzt schon mit ihren Eltern und Sigrid ist auch öfter bei mir zuhause. Mutter hat sie sofort ins Herz geschlossen.

Sigrid und ich schmusen viel; aber zu mehr ist sie nicht bereit. Ich respektiere das schweren Herzens. Der Wunsch nach sexueller Vereinigung ist sehr stark in mir und ich hoffe sehr, dass er sich in Bälde erfüllen wird.

Samstagabend ist Tanzabend. Im übernächsten Dorf ist ein Gasthaus mit einem Tanzsaal. Die Kapelle, die dort spielt, besteht aus fünf Mann: Klavier, Saxophon, Trompete, Gitarre und Schlagzeug. Diese Abende sind immer sehr gut besucht. Man kennt sich untereinander und man hat Spaß. Die musikalische Skala reicht vom „Rock and Roll" bis hin zum „Stehblues". Das sind die ganz langsamen Nummern, bei denen Verliebte bei wenig Licht viel empfinden, weil sie sich in eng umschlungener Haltung minimal bewegen.

Sigrid hat in drei Wochen Geburtstag. Er fällt auf einen Sonntag. Wir wollen am Samstagabend hineintanzen und freuen uns schon sehr darauf.

Der Herr Direktor hat mich zu sich zitiert, um mir mitzuteilen, dass ich ab sofort Handlungsvollmacht besitze. Leider ändert sich dadurch nur mein beruflicher Status; die Gage bleibt jedoch dieselbe.

Ich bin schon Tage vor Sigrids Geburtstag sehr aufgeregt. Ich habe ihr nämlich vorgeschlagen, dass diese Nacht zu etwas ganz Besonderem werden soll.

Wir wollen nach Mitternacht auf einen kleinen Berg hinauf fahren, um dort unsere erste gemeinsame Liebesnacht zu erleben. Das wäre dann zugleich ein wunderbarer Liebesbeweis.

Sigrid hat sich anfänglich gesträubt, dann aber doch meiner innigen Bitte zugestimmt.

Als ich sie am Samstagabend abhole, hat sie sich wunderschön herausgeputzt. Das hellblaue Kleid passt herrlich zu ihrem blonden Haar und ihren blauen Augen. Wir fahren in unser Tanzlokal und verbringen einen tollen Abend. Um Mitternacht gehen wir in die kleine Bar, welche sich ebenfalls innerhalb des Tanzsaales befinden und begrüßen mit einem Glas Sekt das neue Lebensjahr meiner Sigrid. Dann fahren wir auf den kleinen Berg.

Es ist eine laue, sternenklare Sommernacht. Wir parken abseits des Weges. Ich nehme eine Decke aus dem Auto und breite sie daneben aus. Sigrid ist sichtlich nervös und ich bin es auch. Sie ist verkrampft und sie hat Angst. Ich bin so stark erregt, dass ich es nicht bemerke. Vielleicht will ich es auch nicht bemerken, so kurz vor dem Ziel.

Mein Verhalten ist im wahrsten Sinn des Wortes „penetrant."

Dann bin ich am Ziel. Aber trotz lauer Nacht und Sternenhimmel will keine rechte Freude aufkommen. Stattdessen bilden sich eine Leere und ein schaler Geschmack in meinem Mund. Sigrid hat Tränen in den Augen und es sind keine Tränen der Freude.

Wir richten unsere Kleider und im Licht der Scheinwerfer erkenne ich, dass sich auf Sigrids Kleid ein Blutfleck befindet. Mir wird erst jetzt bewusst, was geschehen ist und warum Sigrid so verängstigt war. Sigrid war noch Jungfrau.

Als wir nach Hause fahren, halten wir uns bei der Hand. Die Fahrt verläuft schweigend. Aus dem Autoradio erklingt Musik. Ich fühle mich mies und ich würde mich am liebsten bei Sigrid entschuldigen, tue es aber nicht…

Der nächste Besuch bei Sigrids Eltern macht mir Kopfzerbrechen. Die Sache mit dem blutverschmierten Kleid kann ja nicht unbemerkt geblieben sein. Als ich Sigrids Mutter begrüße, schenkt sie mir ein Lächeln. Das ist jetzt primär nicht ungewöhnlich; aber im Hinblick auf das Gewesene…

Der Vater ist wie immer. Ein großer Phlegmatiker vor dem Herrn, was seine Gattin manches Mal aus der Reserve lockt. Doch auch ihre Gefühlsausbrüche vermögen ihn nicht aus der Ruhe zu bringen. Und dann hat er ja noch sein Hobby: Kartenspielen und Biertrinken im nahe gelegenen Gasthaus.

Ich bin von Herzen erleichtert, dass mir eine potentielle Strafpredigt der Mutter erspart bleibt. Verstehen kann ich es jedoch nicht.

Die ganze Sache bekommt erst einige Zeit später Sinn. Menschen, die ich gut kenne, die mir auf der Straße begegnen, beglückwünschen mich zu meiner Verlobung mit Sigrid. Das ist sehr freundlich. Die Geschichte hat nur einen Haken: ich bin gar nicht verlobt.

Jetzt wird mir einiges klar. Es war nicht von ungefähr, dass Sigrids Mutter die Sache mit dem Kleid übergangen hat und auch nicht, dass Sigrid seit ein paar Wochen sogar bei mir zuhause nächtigen darf. Im Doppelbett mit Mutter zusammen, versteht sich.

Ich höre schon die Hochzeitsglocken läuten, und das macht mir Angst; höllische Angst…

Ich habe doch noch kaum etwas erlebt. Ich muss mir doch erst einmal „*die Hörner abstoßen*", wie man so sagt.

Ich frage einige Gratulanten, woher die frohe Kunde meiner Verlobung denn stamme und erfahre, dass meine Schwiegermutter in spe freudig im Ort herum posaunt, dass ihre Tochter eine gute Partie machen würde und die Hochzeit unmittelbar bevor stünde.

Das ist Anlass genug für mich die Notbremse zu ziehen. Ich löse die Verbindung mit Sigrid abrupt auf.

Die kommende Zeit lasse ich mich nur auf lockere Beziehungen ein. So nach dem Motto: Gebranntes Kind scheut das Feuer.

Ich bin inzwischen auf der Karriereleiter weiter empor gestiegen und in den ersten Stock übersiedelt, wo sich die Chefetage befindet. Nun bin ich Leiter der Darlehensabteilung. Sie besteht aus einem Schreibtisch, einer Schreibmaschine, einem Aktenschrank, einem Formularschrank, einem Telefon und drei Usambaraveilchen, welche ich selbst gezüchtet habe. Ich bin sehr stolz darauf, dass mir das gelungen ist. Scheinbar habe ich einen grünen Daumen; zumindest einen ganz kleinen.

Mein „Aufstieg" hat mir einige Neider gebracht; aber damit kann ich gut leben. Was mir indes Schwierigkeiten macht, ist die „*Arbeitsflut*", die über mich herein bricht. Ich muss mir manchmal Arbeit beschaffen, um Langeweile von den endlos scheinenden Arbeitstagen fernzuhalten. Gelegentlich Antragsteller für ein Darlehen sind die Würze in der sonst salzarmen Tätigkeitssuppe.

Mein direkter Vorgesetzter ist nun der zweite Herr Direktor. Er heißt Friedrich und ist der Onkel von Daniel Hüfner.

Daniel ist Vorsitzender unseres Wanderclubs und hat eine kleine Fabrik, die er vom Vater übernommen hat. Nach dessen Tod gab es Erbstreitigkeiten um die Fabrik.

Mein Chef fragt mich eines Tages, ob ich mir nicht etwas dazu verdienen möchte, indem ich die Buchhaltung von Daniel führe. Er sagt mir zu, mich einarbeiten zu wollen, und ich willige ein.

Die Geschichte hat nur einen kleinen Haken. Er hat mir nicht gesagt, dass ein ganzes Jahr nach zu buchen ist. Und das möglichst schnell. So sitze ich viele Abende bis spät in die Nacht hinein und buche, was das Zeug hält. Das darf ich ganz alleine machen, weil mich der Herr Direktor, nach drei, vier Einarbeitungsabenden verlassen hat mit der Bemerkung *„ich würde das schon schaffen."*

Unsere beiden Zimmer liegen vis-à-vis, nur durch einen schmalen Gang getrennt. Als er mich eines Tages über der Schreibmaschine hängend schlafend vorfindet, und ich erschrocken hoch fahre, lächelt er mich nur verständnisvoll an und verlässt das Zimmer. Die vielen Nächte, mit der Buchhaltung seines Neffen verbringend, fordern halt ihren Tribut...

Ich bin überrascht, als mir der Herr Direktor eröffnet, dass er mich zu einem *„Kreditsachbearbeiter-Lehrgang"* angemeldet hat, welcher im Oktober in einer Stadt im Rheinland stattfinden wird. Ich fühle mich geehrt.

Im September findet jedes Jahr der Ball des Sportvereins statt. Er ist einer der Höhepunkte im gesellschaftlichen Leben der Stadt. Es ist Samstagabend und ich ziehe mit Gerald, einem alten Freund, um die Häuser. Der Sportverein-Ball ist für mich nicht wirklich die erste Wahl; aber Gerald überredet mich zum Abschluss unserer Tour noch kurz dort vorbei zu schauen.

Als wir kurz nach Mitternacht in die Halle kommen, haben sich die Reihen schon gelichtet. Gerald sieht ein paar Bekannte und steuert sofort auf sie zu. Ich gehe nicht mit ihm und beschließe mir noch ein Glas Wein zu gönnen, um danach nach Hause zu gehen. Der ganze Abend war nicht wirklich berauschend und meine Stimmung plätschert so vor sich hin.

Ich habe mein Glas schon fast ausgetrunken, als die Kapelle die letzte Tanzrunde ankündigt. Ein paar wenige Ballbesucher streben auf die Tanzfläche.

Ich erblicke eine Frau, die allein an einem Tisch sitzt. Ich sehe sie en profil und ihr Gesichtsschnitt fasziniert mich auf Anhieb. Ihr braunes Haar ist schulterlang und fällt auf ein grünes Kleid mit interessantem Muster und Schalkragen. Ich gehe zu ihr hin und mit einer leichten Verbeugung bitte ich um diesen Tanz.

Es ist, als ob ich eine Feder im Arm hielte. Eine unglaubliche Harmonie begleitet unsere Tanzschritte und es fühlt sich wunderbar an. Meine Tanzpartnerin ist groß und schlank und wir schweben durch den Raum, der plötzlich von Magie umsponnen scheint.

Ich erfahre von ihr, dass sie mit einer Freundin da sei, die zwanzig Kilometer entfernt zuhause wäre. Sie selbst wohne in einer bekannten Studentenstadt, sechzig Kilometer in die andere Richtung gehend entfernt. Sie habe ihre Freundin übers Wochenende besucht und würde morgen wieder nach Hause fahren.

Ich frage sie, ob ich sie nach dem Tanz nach Hause begleiten dürfe. Sie verneint, weil sie ja mit ihrer Freundin mitfahren würde. Ich lasse nicht locker und schlage vor, sie könne ja mit mir in meinem Auto hinter der

Freundin her fahren, um so noch etwas mehr Zeit zum Kennenlernen zu haben.

Meine Überraschung ist groß, als sie einwilligt. Sie müsse jedoch erst noch die Zustimmung von ihrer Freundin einholen.

Und dann sitzt Solveig neben mir im Auto. Ihr Name ist außergewöhnlich, so wie sie selbst. Ein Gefühl umfängt mich, welches ich so lange Zeit schon vermisst habe. Ich bin glücklich. Und Radio Luxemburg untermalt dieses Gefühl mit schöner Musik.

Solveigs Freundin hat wohl ein Herz für Liebende. Sie fährt in einem sehr moderaten Tempo. So habe ich genügend Zeit Solveig um ein Rendezvous zu bitten. Wir verabreden uns für nächsten Sonntag, 13:00 Uhr, am Eingang des Hauptbahnhofs. Den kenne ich, weil wir früher einmal im Jahr mit dem Zug in diese Stadt einkaufen gefahren sind

Es ist Sonntag und ich bin ziemlich aufgeregt. Ich habe von meinem bevorstehenden Rendezvous Mutter und Tante Luise erzählt. Mutter freut sich, Tante Luise will mich vor einer Enttäuschung bewahren, indem sie mir prophezeit, dass Solveig sicher nicht erscheinen wird. Ich möge aber keinesfalls enttäuscht sein.

„So ein Blödsinn", denke ich, denn ich bin mir hundertprozentig sicher, dass meine Solveig am vereinbarten Treffpunkt auf mich warten wird. Also rein ins Auto und Vollgas. Das Wetter ist auf meiner Seite, denn ein herrlicher Sonnenschein begleitet mich auf meiner Fahrt.

Ich bin viel zu zeitig dran; aber lieber zu früh als zu spät. So habe ich noch genügend Zeit eine rote Rose zu erstehen. Ein ganzer Strauß scheint mir für ein erstes Treffen etwas zu aufdringlich.

Es ist kurz vor 13:00 Uhr und ich marschiere zum Eingang des Bahnhofs. Jetzt wird sie wohl gleich kommen; ich freue mich schon riesig auf das Wiedersehen. Der große Zeiger der Bahnhofsuhr ist schon viel zu oft über die zwölf gelaufen und das macht mir allmählich Angst.

Als die Uhr eine Viertelstunde nach 13:00 Uhr anzeigt, beginne ich Tante Luise Recht zu geben. Es war alles nur eine schöne Illusion.

Ich gehe zum Auto und als mir auf dem Parkplatz eine Frau mit Kind begegnet, strecke ich ihr meine Rose entgegen, um sie ihr zu schenken. Sie lehnt entrüstet ab, was ich nicht verstehen kann.

Jetzt habe ich endgültig genug. Ich werfe die Rose beinahe wütend in einen Abfallkorb auf dem Parkplatz. Als ich einsteigen will, hält mich eine unsichtbare Hand zurück.

„*Also gut*", denke ich und marschiere noch einmal in Richtung Eingangstür.

Und dann geschieht das Wunder. Die Eingangstür geht auf und Solveig tritt heraus. Mein Herz schlägt wie wild. Die Tante hat sich doch geirrt! Ich eile Solveig entgegen und muss mich beherrschen, dass ich sie nicht umarme. Ich belasse es bei einem Händedruck.

Dann erklärt mir Solveig, dass ihre Straßenbahn Verspätung hatte und dass sie daher erst fünf Minuten später am Haupteingang angekommen sei. Und sie erklärt mir weiter, warum wir uns dennoch nicht gefunden haben. Ich stand nämlich fälschlicherweise an einem der Nebeneingänge und nicht am Haupteingang.

Ich gehe mit Solveig zu dem Abfallkorb und entnehme diesem meine Rose, die Gott sei Dank noch da ist. Ich überreiche sie Solveig und entschuldige mich für mein Verhalten. Solveig hat volles Verständnis.

Wie heißt es so schön? *„Gott schützt die Liebenden".*

Und dass das stimmt, kann man daran erkennen, dass wir zum Einen, trotz aller Widrigkeiten, dennoch zueinander gefunden haben und zum Anderen die Annahme meiner Rose von der Frau mit Kind verweigert wurde und dass meine Liebesgabe im Abfallkorb gut verwahrt geblieben ist.

Solveig zeigt mir ihre Stadt und dann gehen wir in ein Caféhaus. Unsere beider Blicke erzählen viel mehr als unsere Münder imstande sind. Wenn etwas völlig klar ist, dann ist das die Tatsache, dass wir beide verliebt sind. Und zwar bis über beide Ohren.

Es gibt ein anderes Caféhaus in der Stadt mit Namen „Manasö". Diese Abkürzung steht für *„Martha Nagel und Söhne".* Im Erdgeschoss befindet sich ein ganz normales Caféhaus mit Tagesbetrieb und im ersten Stock ist ein kleiner Saal, in dem am Wochenende ein Drei- Mann-Orchester zum Tanz aufspielt. Da wollen wir am Abend hin.

Ich fahre Solveig am frühen Abend in ihren Stadtteil, der etwas außerhalb vom Zentrum gelegen ist. Es geht darum, sich zuhause umzuziehen, und die Rose einer Vase zuzuführen.

Ich warte einige Meter vom Hauseingang entfernt und bade mich in meinem Wohlgefühl. Nach langem Herumirren hat mein Herz wieder eine Heimat gefunden. Und dieses Mal soll es für immer sein.

Der Tanzsaal im „*Manasö*" ist nicht sehr groß. Es ist gerade mal Platz für ein paar kleine Tische, eine kleine Tanzfläche und ein kleines Eckerl für die Musik. Dafür ist die Atmosphäre sehr heimelig. Wir sitzen an einem Tisch für zwei Personen am Rand der Tanzfläche. Wir tanzen viel und wir tun das mit großer Freude.

Der Abend vergeht viel zu schnell. Ich fahre Solveig nach Hause und parke das Auto einige Meter vom Hauseingang entfernt. Dann begleite ich sie zur Tür und nach vielen Küssen, verliebten Blicken und Liebkosungen fahre ich nach Hause.

Es ist Samstag und ich sitze im Zug, der mich zu dem „Kreditsachbearbeiter-Lehrgang" nach Rüdesheim bringen wird, zu dem mich der Herr Direktor vor einigen Wochen angemeldet hat.

Solveig, deren ältere Schwester ein Stück weiter nördlich von meinem Fahrziel mit ihrer Familie wohnt, will morgen zu ihrer Schwester fahren, um ihren Patensohn zu besuchen. Solveig will ihre Zugfahrt für ein paar Stunden unterbrechen, um sich mit mir zu treffen. Ich freue mich schon sehr darauf.

Ich checke in meinem Hotel ein und beziehe mein Zimmer. Für 17:00 Uhr ist die Anmeldung in der Stadthalle vorgesehen, in welcher der Lehrgang ab Montag stattfinden wird. Da ich noch genügend Zeit bis dahin habe, schlendere ich hinunter an den Rhein. Ich höre aus dem Lautsprecher eines am Ufer liegenden Ausflugschiffs, dass es in wenigen Minuten ablegen wird. Eine unmittelbar davor aufgestellte Tafel preist Rundfahrten zu einem günstigen Preis an.

Ich komme gerade noch rechtzeitig an Bord, bevor das Schiff ablegt. Dann sehe ich all die Burgen, die wie auf einer Perlenschnur aufgereiht an mir vorüber ziehen. Was noch vorüber zieht, ist die Zeit. Ich habe die Dauer der Schifffahrt gewaltig unterschätzt und Zeit, um sich vorher zu erkundigen, hatte ich ja keine.

Als das Schiff wieder anlegt, ist es schon dunkel und viel zu spät, um die Anmeldung vorzunehmen. *„Das fängt ja gut an"*, denke ich und hoffe sehr, dass es keine Konsequenzen nach sich ziehen wird.

Ein sonnendurchfluteter Sonntagmorgen weckt mich auf und ich freue mich auf das Frühstück. Viel mehr jedoch freue ich mich auf Solveig, deren Zug um 12:20 ankommen soll.

Und wirklich, pünktlich um 12:20 geht die Sonne ein zweites Mal auf. Solveig steigt aus dem Zug und ich eile mit klopfendem Herzen und glühenden Wangen auf sie zu. Wir deponieren ihren Koffer auf dem Bahnhof und dann erobern wir den Tag.

Wir gehen zuerst einmal fein speisen und fahren anschließend mit der Seilbahn hinauf zum „*Niederwalddenkmal*“, um dem Fräulein „*Germania*“ unsere Aufwartung zu machen. Oben angekommen, eröffnet sich ein herrlicher Blick hinunter auf den Rhein und hinüber nach Bingen.

Ein paar Schritte weiter, kann man eine Kutsche mieten, die man sogar selbst lenken darf. Die Gespanne durchlaufen einen eingezäunten Parcours, sodass sich die Rösser erst gar nicht verfahren können. So sitze ich mit meiner Liebsten auf dem Kutschbock, die Zügel fest in beiden Händen, und lasse „*die Rösser lustig traben…*“

Die Seilbahn bringt uns wieder hinunter und dann besuchen wir ein kleines Weinlokal, oberhalb der Drosselgasse, wohin der große Touristenstrom eher selten hin kommt. Ein Mann spielt mit seiner Ziehharmonika die bekannten Rheinlieder rauf und runter und singt dazu. Und ich halte meine Solveig fest im Arm und tanze dazu.

Wir müssen zum Bahnhof. Solveigs Weiterfahrt steht an. Bevor der Zug kommt, überreiche ich meiner Liebsten einen Rheinkiesel mit einer Kette. Das ist ein Quarz, dessen Farbspiel den Farben des Regenbogens gleicht. Ich habe ihn am Morgen in einem Souvenirladen gekauft. Mit der Übergabe des Geschenks verbinde ich die Bitte „*meine Frau zu werden*“.

Solveig nimmt meinen Heiratsantrag an ohne auch nur einen Augenblick zu zögern. Ich hänge ihr noch schnell den Rheinkiesel um den Hals und dann fährt auch schon der Zug ein. Eine letzte Umarmung, ein

Nachwinken und dann entschwindet die Liebste und lässt einen Menschen zurück, der sein Glück noch gar nicht fassen kann.

Mehr Glück kann es nicht gar geben...

Bevor Solveig in den Zug gestiegen ist, hat sie mir noch ein Brieflein gegeben mit der Auflage, es erst zu öffnen, wenn sie schon weg ist. Das mache ich jetzt. Und mit leicht zitternden Händen lese ich, was sie geschrieben hat. Solveig hat eine sehr schöne Schrift; aber viel schöner ist noch, was sie geschrieben hat. Es ist eine wunderbare und zauberhafte Liebeserklärung. Ich bin sehr berührt.

Der Lehrgang ist so aufregend wie eingeschlafene Füße. Man erkennt am Verhalten der Teilnehmer klar das mangelnde Interesse. Natürlich gibt es den einen oder anderen Streber, der den restlichen Kollegen auf die Nerven geht, weil er am Ende des Vortrags unbedingt noch eine Frage stellen muss. Die Mehrzahl der Teilnehmer, zu denen auch ich mich zähle, betrachtet die Angelegenheit als willkommenen, bezahlten Kurzurlaub.

Ich habe mich mit zwei Kollegen aus Nordrhein-Westfalen angefreundet. Wir verbringen unsere Abende bei Wein und Kartenspiel. Einer dieser Abende führt uns ein Stückchen außerhalb von Rüdesheim in eine Weinschänke. Wir trinken einen unglaublich feinen Eiswein.

Die nächsten Tage vergehen nur sehr langsam. Irgendein Redner hält einen Vortrag und die Seminaristen halten sich mit Kaffee mühsam am Wachbleiben. Der Abschlussabend soll den glanzvollen Höhepunkt der Woche bilden. Das schafft er aber nicht. Ein Stehgeiger und der Mann am Pianoforte mühen sich redlich; aber die Stimmung ist vom Höhepunkt so weit entfernt wie die Erde vom Mond.

Meine beiden Kollegen aus Nordrhein-Westfalen und ich halten durch bis 09:30; dann strecken auch wir die Waffen. Als wir die Halle verlassen, befinden sich nur noch ein paar Unentwegte auf ihren Plätzen. Das sind vermutlich die Organisatoren oder die besagten Streber. Die beiden Künstler tun mir leid.

Das letzte Stück meiner Heimreise wird zu einer mörderischen Herausforderung. Es muss mich wohl der Teufel geritten haben, als ich zehn Flaschen von dem köstlichen Eiswein in der Gutsschänke gekauft habe. Diese in meinem Koffer - zwischen Kleidungsstücken wohl verpackt – muss ich jetzt vom Bahnhof bis nach Hause schleppen. Das sind geschätzte 1200 Meter. Auf den ersten Blick gar nicht so viel; aber mit der Last, die unter dem Henkel meines Koffers hängt, zieht sich der Weg in die Länge wie Kaugummi.

Die ersten 100 Meter schaffe ich in einem Stück. Dann verringere ich die Distanz auf 80 Meter, dann auf 70 Meter, auf 60 Meter und so weiter. Kurze Zeit später gehen sich nur mehr wenige Meter aus und ich muss die Hand nach jedem Absetzen wechseln. Ich bereue meine ungezügelte Kauflust zutiefst.

Solveig hat, nach ihrer Rückkehr von ihrer Schwester, meiner zukünftigen Schwiegermutter die frohe

Kunde überbracht, dass ein Eidam ins Haus steht. Das wiederum hatte zur Folge, dass ich zum Essen eingeladen wurde.

Und heute ist es soweit. Ich fahre, bewaffnet mit einem ordentlichen Blumenstrauß und einer gewissen Portion Unbehagen, in die Höhle des Löwen. Mein Unbehagen vervielfacht sich, als mir Solveig bei meinem Eintreffen die zu erwartende Speisefolge mitteilt: Leberknödelsuppe, Paprikahuhn mit Semmelknödeln und Topfenknödel.

Das ist kein Mittagessen, das ist eine Henkersmahlzeit. Die Leberknödelsuppe wäre ja noch in Ordnung; aber Paprikahuhn, wo ich Paprika noch nicht einmal riechen kann bzw. essen, das geht absolut nicht. Und was Semmelknödel und Topfenknödel sind, das weiß ich noch nicht einmal.

Ich beschließe der Dame des Hauses dezidiert mitzuteilen, dass ich das so nicht essen kann und werde. Als ich ihr jedoch von Angesicht zu Angesicht gegenüber stehe, verwerfe ich meinen Plan sofort wieder.

Groß, hageres Gesicht mit einer Nase eines Adlers und dem Blick eines Habichts. Die dunklen Augen blitzen mich an und verheißen nichts Gutes. Ich überreiche ihr die Blumen und mache einen ordentlichen „Diener". Sie stellt sie in die Vase und dann bittet sie mich ihr zu folgen.

In einem kleinen Wohnzimmer, das in ihr Schlafzimmer übergeht, setzen wir uns nieder. Küche mit angeschlossenem Mini-Esszimmer und besagten beiden anderen Räumen liegen im ersten Stock. Die Zimmer sind alle sehr klein, wie auch das ganze Haus an sich.

„Sie wollen also meine Tochter heiraten?", beginnt das Verhör.

Ich antworte mit einem klaren, unerschütterlichen „*JA!*". Es folgen viele Fragen, begleitet von ebenso vielen Bedenken. Ich habe nicht wirklich den Eindruck von Herzen willkommen zu sein.

Dann gehen wir zurück in die Küche bzw. in das Mini-Esszimmer. Der Raum besteht aus einer Tür, die nicht vorhanden ist und den Zugang zur der Küche bildet. Gegenüber befindet sich ein kleines Fenster zum Hof und Garten und der Rest besteht aus Mauerwerk.

Ich werde angehalten im Winkel an der Stirnseite des Tisches Platz zu nehmen. Das bedeutet, dass ich den Raum nur dann verlassen kann, wenn eine der beiden Personen rechts und links von mir, welche an den Seiten des Tisches sitzen, aufsteht. Mit einem Wort: ich bin gefangen.

Solveigs Mutter trägt die Suppe auf. Ich esse sie mit viel Bedacht, um Zeit zu gewinnen. Mit jedem Löffel, den ich zum Mund führe, ist mir, als wäre dies ein weiterer Schritt in Richtung Schafott.

Als Solveig meinen Teller abräumen will, fragt ihre Mutter, ob mir die Suppe denn geschmeckt hätte. Ich antworte mit einem begeisterten „*JA*" und bitte um Nachschlag. Das löst Erstaunen im Gesicht von Solveigs Mutter aus und beinahe wäre ihr ein kleines Lächeln ausgekommen.

„Das freut mich, dass Ihnen die Suppe so gut schmeckt; aber denken Sie daran, dass es ja noch Haupt- und Nachspeise gibt!"

„Kein Problem!", antworte ich und das ist eine faustdicke Lüge. Mir wird heiß, und das hat sicher nichts mit der Raumtemperatur oder der Suppe zu tun.

Ich fühle eine aufsteigend Verzweiflung in mir und ein allzu bekanntes Würgen. Wenn ich aufgeregt bin, so spielt sich das nicht äußerlich ab. Dieses Geschäft übernehmen freundlicherweise meine Magennerven.

„Mein Gott, was mache ich nur?", schieße es mir durch den Kopf und ich schwitze immer mehr. *„Jetzt ist alles vorbei; das verzeiht mir Solveigs Mutter nie".*

Bevor mich eine herbei gesehnte Ohnmacht erlösen kann, wird der Hauptgang aufgetragen. Eine Pfanne wird auf den Tisch gestellt, in welcher sich Hühnerteile befinden, umspült von einer gelblich-braunen Sauce. Dazu kommt eine Schüssel mit dampfenden Knödeln und eine weitere Schüssel mit Salat.

Meine künftige Schwiegermutter nimmt meinen Teller und füllt ihn ordentlich an. Eigentlich bin ich durch die größere Menge konsumierter Leberknödel-suppe schon ziemlich satt; aber da muss ich jetzt wohl durch.

Als Solveigs Mutter in die Küche geht, um etwas zu holen, frage ich meinen Schatz schnell und ganz leise, wo denn der Paprika sei. *„Welcher Paprika?",* fragt Solveig, und bevor ich antworten kann, hat sie begriffen, was ich meine.

„Der ist in der Sauce in pulverisierter Form", erlöst mich Solveig von meinen Höllenqualen. Und dann fällt eine zentnerschwere Last von mir ab und in meiner so sehr geschundenen Seele höre ich ein Stimmlein fragen: *„Ist das Leben nicht schön?"*

Unsere Verlobung haben wir auf den 1. Weihnachtsfeiertag festgelegt. Bis dahin ist noch einiges zu erledigen: Ringe aussuchen, Verlobungsanzeige für die Zeitung aufgeben, wo und wie und anderes mehr.

Zu diesem Zweck lade ich Solveigs Mutter zu uns nach Hause ein. Ich hole die beiden mit dem Auto am Bahnhof ab und bringe sie zu Mutter und Tante Luise. Dann sitzen wir alle in der *„guten Stube"* zusammen: Vier Frauen und ein Mann. Darunter zwei Alphatiere, nämlich Solveigs Mutter und Tante Luise.

Die Sympathien sind klar verteilt. Tante Luise mag Solveigs Mutter nicht, meine Mutter ist neutral und Solveigs Mutter mag weder Tante Luise noch meine Mutter.

Ich glaube, sie mag sich selber nicht; sie mag nur ihren Sohn. Sie ist verwitwet, weil der Ehegatte es vorgezogen hatte sich vor der Zeit abberufen zu lassen. Der ständigen Konfrontation mit einer Gattin müde, welche die Hosen anhatte, die zu tragen eigentlich sein Ding gewesen wäre, legte er sich irgendwann nieder, um nicht mehr aufzustehen.

107

Nach dem Essen gehen Solveig und ich eine Runde spazieren. Während dieser Zeit lächeln sich die drei Damen gequält an und verhandeln über das Prozedere der anstehenden Verlobung.

Am 1. Weihnachtsfeiertag fahre ich mit meinen beiden „*Mädels*", den Ringen und mehreren Flaschen Eiswein zu meiner Verlobung. Sie findet im größeren Wohnzimmer statt, das im Parterre untergebracht ist, neben einem kleinen Zimmer für Solveigs Bruder Hermann und dem Bad. In diesem Zimmer befinden sich außer Tisch und Stühlen noch ein Klappbett und ein Fernseher.

Man begrüßt sich gespielt liebevoll. Solveigs Bruder versprüht Unmengen Charme; nur im Gegensatz zu seiner Mutter hat dieser mehr Wahrheitsgehalt.

Solveig und ich verlassen kurz das Zimmer und stecken uns gegenseitig die Ringe an die Finger. Es ist ein sehr intimer Moment und wir haben uns das so gewünscht. Dann gehen wir zurück ins Zimmer und lassen uns bei Eiswein und Schnittchen feiern. Ich mache einige Bilder mit meiner Spiegelreflexkamera und gebe mich der ausgelassenen Stimmung meiner Verlobungsfeier hin.

Solveig darf seit unserer Verlobung auch bei mir zu Hause nächtigen und ich auch bei ihr. Streng getrennt natürlich. Während Solveig unsere Bettcouch im Wohnzimmer zur Verfügung steht, komme ich in den Genuss des trampolinartigen Klappbettes, welches an der Wand im schwiegermütterlichen Wohnzimmer steht.

Der Frühling ist da und bringt wieder frische Farbe in die Natur. Und er bringt frohe Botschaft mit sich. Solveigs Mutter fährt für ein paar Tage zu ihrer älteren Tochter. Das bedeutet für uns: sturmfreie Bude!

Wir besorgen uns in der Stadt einige Köstlichkeiten zu essen und zu trinken. Nach einem opulenten Mahl klappen wir das Bett herunter und entkleiden uns. Nicht völlig jedoch; die Unterwäsche behalten wir an. Wir haben die Vorhänge zugezogen und die Sonne, die durch die Vorhänge drängt, taucht das Zimmer in ein goldenes Licht.

Wir schlüpfen unter die Decke und nähern uns sehr behutsam. Eine gewisse Schamhaftigkeit umhüllt unsere Seelen und macht uns zu Verbündeten. Unsere Wangen glühen und unsere Herzen schlagen wild aneinander. Der ganze Raum ist voller Liebe.

Ich habe meine sportliche Ader entdeckt. Was mir zu Gymnasialzeiten ein Gräuel war, ist nach anfänglichen Startschwierigkeiten zu einem Vergnügen geworden. Einmal in der Woche gehe ich in den Wald, um dort 4 Kilometer zu laufen. Das geschieht nach Büroschluss, zusammen mit weiteren Freunden.

Ich bin nämlich in den Wanderclub von Daniel eingetreten, der selbst ein begeisterter Leichtathlet ist und auch an Wettkämpfen teilnimmt. An den besagten Dienstagen treffen wir uns zum Laufen und hinterher dann in einem Gasthaus zum Kartenspielen.

Ich habe auch schon mit Solveig an einigen Wander-ausflügen teilgenommen. Da sind wir dann mit Kind und Kegel in einer kleinen Gruppe unterwegs und manchmal auch mit Übernachtung auf einer Hütte. Das ganze verläuft in einer recht familiären Atmosphäre und macht viel Spaß.

Der Sommer ist extrem heiß. Wir haben die Hoch-zeit auf Mitte August festgelegt, um einen dadurch ent-stehenden Steuervorteil voll ausschöpfen zu können. Ich habe Daniel gefragt, ob er mein Trauzeuge sein möchte und er hat zugesagt. Solveigs Schwester Walt-raud wird ebenfalls Trauzeuge sein.

Es steht außer Frage, dass wir sowohl standesamtlich als auch kirchlich heiraten wollen. Das wirft jedoch ein kleines Problem auf. Ich bin gemäßigt protestantisch und Solveig kommt aus einer streng katholischen Fami-lie. Meine tiefe Liebe zu Solveig lässt mich nicht lange überlegem; ich stimme einer katholischen Trauung zu.

Tante Luises schwacher Protest verfliegt rasch und Mutter ist es eher egal. Was mir jedoch nicht egal ist, ist unser erster Besuch bei Herrn Hochwürden zum Zwe-cke des „*Brautunterrichts*". Der Kirchenmann kommt sehr schnell zur Sache, indem er uns fragt: „*Seid ihr bereit eure Kinder im katholischen Glauben zu erziehen?*"

Nun ist es ja so, dass wir noch keine Kinder haben, dass Solveig nicht schwanger ist und wir gar nicht wis-sen, ob wir je Kinder haben werden.

Solveig muss spüren, dass sich in mir alles zusammen krampft. Nicht etwa, weil ich aktiver Jugendscharler war oder weil ich Mitglied im Posaunenchor war und weil ich in einem Kirchenchor mitgesungen habe. Nein, es krampft mich, weil der vor uns sitzende Pfaffe im Auftrag seiner Kirche die Seele eines oder mehrerer Kinder kaufen will, die noch nicht einmal geboren sind. Das widert mich an.

Solveig drückt meine Hand ganz fest und wieder ist es meine tiefe Liebe zu Solveig, die mich in diesem Augenblick meine innere Überzeugung leugnen lässt und ich mich „*JA*" sagen höre. Der Lohn dafür ist das dankbare Lächeln meiner Liebsten.

Der 15. August ist ganz sicher der heißeste Tag des Jahres. Ich bin schon am Vorabend zu Solveig gefahren. Mutter und Tante Luise werden im Laufe des Vormittags, zusammen mit meinem Trauzeugen Daniel und dessen Ehefrau eintreffen.

Die erste Hürde haben wir schon genommen. Das Standesamt und den anschließenden Fotografentermin haben wir erfolgreich abgearbeitet. Solveig ist jetzt meine Ehefrau. Hurra!

Jetzt fehlt nur mehr der himmlische Segen. Ich habe weder gefrühstückt noch sonst noch etwas zu mir genommen. Mein Magen tanzt Fandango. Eine Tasse Tee lässt er zu; mehr aber auch nicht.

Als wir zur Kirche fahren ist es schon sehr heiß, obwohl es noch Vormittag ist. Mein Smoking ist recht dick und ich büße mehr Sünden ab, als ich bisher begangen habe. Ich lasse die Trauungszeremonie über mich ergehen und lächle ohn Unterlass.

Erst als wir die Kirche wieder verlassen, an tränengeschmückten und schnäuzenden Verwandten und Freunden vorbei defilierend, kann ich aus reinem Herzen lächeln.

Nun sitzen wir im Nebenzimmer eines Gasthauses und delektieren uns an Speis und Trank, dessen Kosten sich die Schwiegermutter und die Meinen teilen. Eigentlich wäre das Sache der Brauteltern, aber die liebe und tüchtige Schwiegermutter hat das überzeugende Argument vorgebracht, dass es ja keinen Brautvater gäbe und sie als Witwe nicht über größere Mittel verfüge.

Und so hat Tante Luise ihr Börserl geöffnet und die Hälfte übernommen. Die Hochzeitsgesellschaft besteht aus sechs Teilen Brautgefolge plus einem Kind und sechs Teilen Bräutigamgefolge ohne Kind. Und dem Brautpaar natürlich.

Beide Gruppen bleiben überwiegend unter sich; eine wirkliche Verbrüderung kommt nicht zustande. Lediglich ein Gespräch zwischen Schwiegermutter und meinem Trauzeugen Daniel und dessen Frau ist von Bedeutung. Es geht dabei vornehmlich um die Bemerkung meiner Schwiegermutter, *„dass Solveig durchaus auch bessere Partien hätte machen können".*

Daniel unterlässt es diese interessante Erkenntnis an mich weiter zu reichen. Zumindest nicht heute, und das ist gut so.

Es geht auf Mitternacht, als ich mit Solveig nach Hause fahre. Dietmar folgt etwas später mit Mutter und Tante Luise nach. Es gibt zwei Streckenverläufe, die nach Hause führen. Ein kürzerer und ein längerer. Wir fahren die kürzere Strecke in flottem Tempo, und Dietmar fährt den weiteren Weg in einem gemächlichen Tempo.

Mein Schlafzimmer liegt direkt neben dem Schlafzimmer von Mutter und Tante. Beide Zimmer sind durch eine Türe verbunden und die Wände sind sehr dünn. Bedingt durch einen reichlichen zeitlichen Vorsprung können wir unsere Hochzeitsnacht ungestört und in Ruhe verbringen.

Als wir die beiden Damen die Stufen der Treppe herauf kommen hören, haben wir *„die Ehe bereits vollzogen"*.

Wir frühstücken ordentlich und dann packen wir unsere Koffer ins Auto. Wir fahren auf Hochzeitsreise nach Österreich an einen See. Eine gewisse Sorge ist mit im Gepäck; es geht um den *„Prager Frühling"*. Ein kleines Land will sich aus den Fängen des Russischen Bären befreien und die Welt fürchtet sich vor einem neuen Krieg.

Wir genießen trotzdem unseren Urlaub und nur wenige Tage später ist der *„Frühling in Prag"* auch schon zu Ende. Der „große russische Bruder" ist mit Panzern aufgefahren und hat die Aufmüpfigen wieder in die Spur gebracht.

Im Mietshaus der Bank ist eine Wohnung frei geworden und der Herr Direktor ist meinem Ansuchen nachgekommen mir die Wohnung zu überlassen. Sie ist knapp 90 Quadratmeter groß und besteht aus drei Zimmern, Küche und Bad. Zwei Kollegen helfen mir die Wohnung herzurichten.

Ich habe einen Kredit aufgenommen, um Möbel kaufen zu können. Einige Wochen später ziehen wir ein. Zur Wohnung gehört auch ein kleiner Garten, was mich besonders freut.

Mein Glück ist beinahe vollkommen; es fehlen nur noch die Kinder.

Heute ist Silvester. Wir haben beschlossen mit einem befreundeten Ehepaar gemeinsam zu feiern. Ein Hotel in der Nähe bietet einen Silvesterball an und wir fahren hin. Entgegen allen Erwartungen herrscht eine eher gedämpfte Stimmung. Wir essen das Silvestermenü, das auch recht gut schmeckt und tanzen ein paar Runden.
Der Zeiger der Uhr müht sich redlich auf Mitternacht zu; kommt aber nicht so richtig vorwärts. Und die Stimmung ist nach wie vor nicht sehr toll. Vielleicht auch deshalb, weil die Veranstaltung nicht ausgelastet ist.

Wir beschließen den Ort des Geschehens zu verlassen und fahren zu uns. Eine gute Flasche Wein rasch aus dem Keller geholt, den Sekt eben noch kalt gestellt und ein paar gute Platten aufgelegt und die Stimmung, die wir hofften beim Ball vor zu finden, entwickelt sich in unseren eigenen vier Wänden.

Dann ist Mitternacht. Wir stoßen an, umarmen uns, wünschen uns *„alles Gute fürs neue Jahr"* und tanzen einen Walzer.

Solveig hat ihre Tage nicht bekommen, und eine innere Stimme sagt mir, dass ich bald Vater werde.

„Wir sind schwanger!", drängt es aus mir heraus und Solveig, wie auch unsere Freunde schauen mich völlig entgeistert an.

„Wie kommst du darauf?", fragt mich Solveig und ich antworte: *„Ich weiße es eben, ich spüre es!"*

Die Gewissheit kommt nur wenige Tage später. Sie erfolgt aufgrund eines Besuches beim Frauenarzt. Jetzt ist es amtlich: wir bekommen ein Kind.

Die Schwangerschaft verläuft problemlos. Wir besuchen den Herrn Doktor regelmäßig und wir machen unsere täglichen Spaziergänge. Von unschönen Begleiterscheinungen bleibt Solveig verschont und so können wir die lange Wartezeit auf das zu erwartende Geschenk genießen.

Dann ist *„Sylvia Erscheinung".* Der Tag der Geburt unserer Tochter.

Es ist scheinbar ein Tag wie jeder andere schon davor. Wir verbringen ihn ohne erwähnenswerte Vorkommnisse. Zumindest bis zum Abend.

Solveig geht zur Toilette und kommt kurz darauf wieder heraus. Mit einem etwas verstörten Gesichtsausdruck sagt sie mir: *„Ich glaube, die Fruchtblase ist gerade geplatzt. Am besten, ich lege mich ein wenig ins Bett."*

In mir wird Großalarm ausgelöst. Alle roten Lampen leuchten auf und die Sirenen heulen.

„Das machen wir ganz sicher nicht!", sage ich mit fester Stimme und greife zum Telefon. Ich rufe Solveigs betreuenden Frauenarzt an, erwische aber nur dessen Ehefrau. Diese ist ebenfalls Ärztin und sie heißt mich ruhig bleiben und sofort die werdende Mutter ins Krankenhaus zu bringen.

Also die vor einigen Tagen schon hergerichtete Bereitschaftstasche in einer Hand und meine Liebste in der anderen Hand, gehe ich zum Auto. Wir haben ca. 40 Kilometer Fahrt vor uns. Während der Fahrt rede ich beruhigend auf Solveig ein; vielleicht aber auch ein wenig auf mich selbst.

Meine Ruhe verlässt mich schlagartig, als die Wehenabstände Kilometer um Kilometer immer kürzer werden. Ich kann es klar ermessen, weil sich die Finger von Solveigs linker Hand bei jeder Wehe in meinen Oberschenkel krallen.

„Jetzt ruhig Blut bewahren", sage ich mir selbst und trete das Gaspedal etwas weiter durch.

Als ich zum Krankenhaus einbiege, kehrt etwas Ruhe zurück in meinen Körper. Solveig wird sofort in Empfang genommen. Ich will sie begleiten, werde aber beim Empfang festgehalten, um Formalitäten zu erledigen. Dann eile ich zu Solveig, um ihr beizustehen.

„Sie können sich jetzt von Ihrer Frau verabschieden. Keine Sorge, es geht ihr gut. Fahren Sie nach Hause und legen Sie sich schlafen. Mit der Geburt ist nicht vor morgen früh zu rechnen. Wir rufen Sie dann sofort an."

Es ist kurz nach 23:00 Uhr, als ich wieder zu Hause bin. Die Fahrt durch die Nacht war sehr emotionsgeladen. Es ist wenig Verkehr und ich empfinde die Dunkelheit, die mich umgibt, wie einen schützenden Mantel.

Ich möchte nur kurz anfragen, ob es Solveig gut geht und rufe im Krankenhaus an. Ich werde mit der Stationsschwester verbunden, die mir eine völlig überraschende Mitteilung macht:

„Herzlichen Glückwunsch! Sie sind Vater einer gesunden Tochter. Mutter und Kind sind wohlauf!"

Sie ergänzt ihre Ansage, indem sie mir versichert, dass sie mich gleich am nächsten Morgen informiert hätte. Ich bedanke mich und schwinge mich ins Auto. Mit dieser frohen Botschaft kann ich nicht allein sein.

Ich fahre zu Mutter und Tante Luise. Da beide rechte Nachtvögel sind, wie ich übrigens auch, kann ich davon ausgehen, dass sie noch wach sind.

Und sie sind noch wach. Und sie freuen sich mit mir. Und sie trinken ein Glas Sekt mit mir auf das Wohl des Neugeborenen und der Mutter.

„Ich bin Vater einer Tochter!", klingt es in mir, als ich am nächsten Morgen ins Krankenhaus fahre, um die Mutter

zu beglückwünschen und ihr zu danken, und um die neue Erdenbürgerin zu begrüßen.

Es ist wie beim Kasperletheater. Nur dass vor dem geschlossenen Vorhang keine Kinder sitzen, sondern junge, aufgeregte Väter stehen, um sich am Anblick „ihrer Schöpfung" zu erfreuen. Dann öffnet sich der Vorhang und die Jungväter sagen ihren Namen und bekommen dafür ihren Nachwuchs zu sehen.

Dann bin auch ich an der Reihe. Die Säuglingsschwester verschwindet kurz und kommt dann mit einem kleinen Bündel Mensch wieder zurück. Sie hält es mir entgegen und ich schaue in das Gesicht von Sylvia, der Tochter von Solveig und mir. Sie ist eine Schönheit; das schönste Kind auf der Welt.

Einige Tage später bringe ich einen Ring mit, den ich schon vor Wochen gekauft habe. Es ist ein kleiner Rubin und ich habe ihn gravieren lassen.

„Sylvia 20.09.1969"

Solveig strahlt, als ich ihn über den Finger streife. Es geht ihr und Sylvia gut und in wenigen Tagen darf ich beide nach Hause holen.

Das Kinderzimmer ist zum Empfang des „hohen Gastes" hergerichtet. Heute soll es bezogen werden. Auf der Fahrt vom Krankenhaus kommen wir in eine Verkehrskontrolle. Ich werde heraus gewunken, weil ich zu schnell gefahren bin. Ich habe die geforderten 40 Kilometer leicht überschritten.

Als ich den Herrn Polizeibeamten versuche zu bestechen, indem ich auf das Körbchen mit dem Neugeborenen auf dem Rücksitz hinweise, bleibt dieser unbeeindruckt. Ich denke mir ein Schimpfwort, spreche es aber nicht aus.

Der kurzfristige Ärger verfliegt ebenso schnell, wie er gekommen ist. Die Freude über meine kleine Familie überwiegt. Es fühlt sich großartig an ein Familienoberhaupt zu sein; es ist einfach nur toll.

Ich bin ein gelehriger Schüler in Sachen Babypflege, Nahrungszubereitung und Verabreichung derselben. Die Tagschicht übernimmt Solveig, weil ich ja meinem Beruf nachgehen muss. Aber die Nachtschicht, die gehört mir. Solveig ist zudem auch noch ein wenig geschwächt und nimmt mein Angebot daher gern an.

Es ist mitten in der Nacht und ich habe „*Dienst*". Sylvia liegt auf ihrem Wickeltisch, ihrer gefüllten Windel entledigt, gesalbt und geölt, und ungeduldig auf ihre Mahlzeit wartend. Dann ist es soweit. Ich halte das wohl duftende, kleine Etwas in meinem Arm und lausche dem schmatzenden Geräusch der Nahrungsaufnahme.

Es klingt wie Musik.

Dazwischen gibt es immer wieder kleine Schnaufpausen. Auf Sylvias Stirn und Oberlippe haben sich kleine Schweißperlen nieder gelassen. Sie sind Zeichen großer Anstrengung. Für die letzen Schlucke muss ich Sylvia motivieren. Der Schlaf gewinnt langsam die Oberhand über den Hunger.

Dann ist die Flasche leer und ich helfe meiner kleinen Tochter dabei sich der überschüssigen Luft im Bäuchlein zu entledigen. Geschafft! Ein kleines Küsschen auf die Stirn und zurück in den Stubenwagen.

Alles ist gut. Der kleine Sonnenschein ist frisch gewickelt und hat sein Fläschchen brav ausgetrunken. Und ein „Bäuerchen" hat er auch gemacht. Und der Herr Papa hat wunderschön gesungen. Die Liedauswahl bestand aus Kinderliedern, Volksliedern, Gute-Nacht-Liedern und z.T. sogar aus Schlagern.

Jetzt darf er sich auch wieder zu Bett begeben und einem neuen Tag entgegen schlafen. Und nach dem Frühstück wird ihn die treusorgende Gattin zur Tür begleiten, ihm die Aktentasche in die Hand geben, ihm einen Kuss auf den Mund drücken und ihm einen schönen Tag wünschen. „*O, happy day!*"

Weihnachten steht vor der Tür und die Frau Schwiegermutter will die Feiertage bei ihrer anderen Tochter verbringen. Ein grippaler Infekt macht ihr jedoch einen Strich durch die Rechnung. Davon ausgehend, dass sie nicht zuhause sein würde, hat sie auch keinen Weihnachtsbaum besorgt. Wir erfahren von dem Malheur um die Mittagszeit an Heiligabend.

„Weihnachten ohne Weihnachtsbaum – das geht auf keinen Fall!", so meine feste Überzeugung. *„Also muss ein Weihnachtsbaum her"*.
Ich fahre durch die Stadt und suche nach einem Weihnachtsbaum. Keine Chance. Dann komme ich an meiner Tankstelle vorbei, zu der auch ein Kranverleih

gehört und entdecke einen Weihnachtsbaum, der am oberen Ende des Krans herum baumelt.

Ich bitte den Besitzer, den ich gut kenne, er möge mir doch dieses Exemplar verkaufen. Das geht jedoch nicht, weil er selbst den Kran nicht bedienen könne. Er verweist mich aber an den städtischen Bauhof, ich möge es doch dort versuchen. Und tatsächlich treffe ich noch ein paar Männer an, die sich mit Bier und Schnaps auf den Heiligen Abend vorbereiten.

Der Chef der Truppe ist ein Cousin meines Freundes Wolfram und er bringt mir ein Gewächs, welches den Namen *„Weihnachtsbaum"* von Rechts wegen gar nicht führen dürfte. Ein hässliches Etwas mit wenig Zweigen. Johannes, so heißt der Cousin von Wolfram, hat die glorreiche Idee, ich solle dem Baum ein paar Zweige implantieren, die er mir in Form von Tannenreisig dazu gibt.

Und so geschieht es dann auch. Ich bohre einige Löcher in den Stamm des Baumes und stecke ihm passende Zweige des Tannenreisigs hinein und verklebe sie sicherheitshalber. Dann packen wir Sylvia in ihr Körbchen und fahren mit dem Weihnachtsbaumkonstrukt zur Oma.

Solveigs Bruder haben wir vorab unser Vorhaben telefonisch avisiert und ihn gebeten den Christbaumschmuck heimlich ins unter Wohnzimmer zu bringen.
Wir wollen die liebe Oma ja überraschen.

Wir öffnen mit Solveigs Schlüssel die Haustür und schleichen uns mit unserem Bäumchen ins Wohnzimmer. Dann schmücken wir ihn mit dem bereitgestellten Baumbehang. Unsere kleine Sylvia schläft indessen brav in ihrem Körbchen.

Als wir fertig sind, holt Solveig die Schwiegermutter und den Bruder herunter. Dann zeigen wir ihr die gelungene Überraschung. Und wirklich, das noch bis vor kurzem unscheinbare Gebilde hat sich mit dem ganzen Baumbehang zu einem beachtlichen Weihnachtsbaum gemausert. Wir freuen uns sehr darüber.

Die Freude der grippal erkrankten Oma äußert sich in den Worten:

„Seid ihr verrückt mit dem Kind bei diesem Wetter aus dem Haus zu gehen?"

Nun, man könnte Dankbarkeit sicher auch anders ausdrücken; aber dann käme sie sicher nicht von dieser Frau.

Ich dränge zum Aufbruch; denn schließlich wollen wir ja selbst Weihnachten bei uns zuhause feiern. Beim Verabschieden schaut mich Hermann mit einem betretenen Gesicht an, so als wolle er sich für das Verhalten der Mutter entschuldigen. Ich gebe ihm mit einem Lächeln und einem kleinen Kopfnicken zu verstehen, dass ich es begriffen habe.

Unser kleiner Lockenkopf entwickelt sich prächtig. Zumindest was die körperliche Konstitution betrifft. Sylvia ist ein kräftiges und starkes Kind. Stark ist aber ebenso ihr Wille; etwas zu stark vielleicht. Sie lotet ständig ihre Grenzen aus und veranstaltet kleine Machtspiele. Das ganze jedoch nicht ohne eine tüchtige Portion Charme. Ich lasse mich immer wieder zu Aktionen hinreißen, die nicht nur lieblos sondern auch falsch sind, und die ich später einmal von Herzen bereuen werde…

„Süßer Mai, du Quell des Lebens, bist süßer Blumen so voll; Liebe sucht auch nicht vergebens, wem sie Kränze winden soll".

So besingt Clemens von Brentano als einer von vielen Dichtern und Liedermachern den Wonnemonat. Und auch für Solveig und mich trifft das zu. Neun Monate Später kommt Sascha auf die Welt.

Sascha ist bei seiner Geburt das krasse Gegenstück zu Sylvia. Während Sylvia mit einer glatten Gesichtshaut und wenig Flaum auf dem Kopf ins Leben startete, ähnelt Saschas Gesicht eher eine Knautschzone. Dafür hat er einen deutlich kräftigeren Haarwuchs.

Der wesentliche Unterschied beider Kinder liegt jedoch in ihrem Wesen. Auf der einen Seite der Rebell und Kämpfer Sylvia, und auf der anderen Sascha, das friedfertigste Wesen unter der Sonne. Es gibt wohl nichts, was diesen Sonnenschein aus der Ruhe bringen könnte.

Auch als der Arzt eine Hüftdysplasie feststellt, was das Anlegen einer martialisch aussehenden Spreizhose zur Folge hat, nimmt Sascha das gelassen hin. Und auch der Schiefhals zieht unangenehme Maßnahmen nach sich.

So liegt Sascha in seinem Stubenwagen auf dem Rücken wie ein Maikäfer, die Beinchen mit der Spreizhose auseinander gedrückt und das Köpfchen eingepresst zwischen zwei Bücherstapeln, welche von Baumwollwindeln umschlungen sind.

Tapferer kleiner Mann!

In meinem ganzen Bekannten- und Freundeskreis ist eine unübersehbare Bauwut ausgebrochen. Dieser Virus erfasst leider auch mich. Natürlich hat der Gedanke eines eigenen Heims eine erotisierende Wirkung und ich gebe mich ihm willig hin. Und was Solveig betrifft, so stimmt sie der Idee euphorisch zu.

Da ich ja ein geschicktes Kerlchen bin und handwerklich überdurchschnittlich begabt – so meine relative Selbsteinschätzung, die der Wirklichkeit jedoch sehr nahe kommt – beginnen wir das Unternehmen „Hausbau" mit dem Kauf eines geeigneten Grundstücks.

Wenige Kilometer außerhalb der Stadt liegt ein kleiner Ort mit günstigen Baugrundstücken. Ein kurzer Besuch beim Bürgermeister und wir sind im Besitz eines Grundstücks. Jetzt braucht es nur noch einen Bauplan vom Architekten. Auch das geht reibungslos über die Bühne.

Ein Schulfreund von Tante Luise zaubert diesen in kürzester Zeit nach unseren Vorstellungen. Der Preis dafür ist erschwinglich, zumal Herr Krumm, unser Architekt die Bauleitung nicht übernehmen braucht. Das mache ich, und so bin ich Bauherr und Bauleiter in Personalunion und spare uns zusätzliche Kosten.

Die Finanzierung durch meine Hausbank stellt ebenfalls kein Problem dar. Ich habe angegeben, dass ich einen Großteil der Arbeiten in Eigenleistung mit Hilfe von Freunden und Verwandten selbst erbringen werde. Das mit den Freunden trifft zu; was jedoch die Hilfe von Verwandten angeht, so habe ich gelogen. Ich wüsste nämlich nicht, wer das sein sollte…

Der erste Teil meiner Eigenleistung besteht im Graben des Fundaments. Die Baugrube ist schon ausgehoben und jetzt komme ich ins Spiel. So stehe ich - bewaffnet mit Pickel, Schaufel, Vorschlaghammer und Schubkarren – mutterseelenallein auf meinem Bauplatz und beginne zu graben. Schon sehr bald muss ich erkennen, dass ich „steinreich" bin. Nur wenig unter der Oberfläche hindern mich immer wieder große Steinplatten am Graben.

Da heißt es den großen Hammer schwingen und mit Schmackes feste drauf hauen. Dazwischen lockere ich mit dem Pickel und weit ausholenden Schwüngen den Boden auf und befördere mit der Schaufel das Erdreich in den – parallel zum Graben stehenden – Schubkarren.

Dann passiert es. Ich habe den Schubkarren nicht ordentlich geparkt, sodass einer der Holme in die Flucht des Grabens hinein ragt. Beim Ausholen mit dem Pickel

125

touchiere ich den Holm, die Schwungrichtung wird verändert, und anstatt hinter der Schulter zu landen, senkt sich die Spitze des Pickels in auf meinen Kopf.

Ich verspüre einen kurzen, heftigen Schmerz; aber auch nicht mehr. Ich mache weiter. Kurze Zeit später wische ich mir mit der Hand über die Stirn, um den Schweiß zu entfernen und bin sehr erstaunt, dass meine Hand danach rot ist. Der Grund dafür ist leicht erklärbar. Es ist Blut, das mir vom Kopf herunter läuft.

Ich halte kurz inne; mache aber dann weiter. Ich möchte das restliche Tageslicht nützen. Da kommt mir in den Sinn, dass sich kein Mensch in meiner Nähe befindet. Ich bin zurzeit der einzige Bauherr weit und breit, umgeben von unbearbeiteten Bauplätzen. *„Was ist, wenn ich plötzlich ohnmächtig werde?"*, frage ich mich und das beunruhigt mich dann schon. *„Ich würde unweigerlich verbluten."*, sinniere ich weiter, *„und Solveig würde erst unruhig werden, wenn es schon Nacht wäre."*

„Jetzt nur keine Panik", rede ich mir Mut zu, *„so schnell stirbt es sich nicht!"* Dann setze ich mich in mein Auto und zünde mir eine Zigarette an. Die Situation erinnert mich an irgendeinen Film von wegen *„letzte Zigarette und so."*

Ich fahre zu meinem Hausarzt. Obwohl Samstag ist, weiß ich, dass ich zu ihm fahren kann. Er hat ein gewisses Faible für mich und wir verstehen uns einfach gut.
Meine Enttäuschung ist groß, als ich lesen muss, dass er sich in Urlaub befindet. Also weiter ins Krankenhaus.

Meine bisher an den Tag gelegte Gelassenheit verwandelt sich nun in eine gewisse Unruhe. Hinzu kommt, dass mir das Blut jetzt stärker vom Kopf herunter rinnt. Doch ich schaffe es im Wachzustand das Krankenhaus zu erreichen. Die Dame an der Pforte heißt mich Platz zu nehmen.

Meine Unruhe nimmt sich zurück, weiß ich mich jetzt doch in Sicherheit. So sitze ich da und warte. Ärzte und Schwestern huschen an mir vorüber; jedoch keiner beachtet mich. Ich warte also weiter. Als nach einer gefühlten halben Stunde noch immer niemand Notiz von mir genommen hat, platzt mir der Kragen.

Ich fauche die Dame an der Pforte an, ob ich denn erst verbluten müsste, bevor jemand käme. Mein scharfer Ton und mein blutverschmiertes Haupt zeigen Wirkung. Mit Entsetzen in ihrem Blick bemerkt sie, dass man mich scheinbar vergessen hätte, denn sie hätte mich im Ärztezimmer ordentlich angemeldet.

Jetzt geht alles sehr schnell. Eine Schwester holt mich und führt mich in den Behandlungsraum. Die erste Stufe auf der Leiter „*Unfallversorgung*" ist somit erklommen. Dann heißt es wieder warten. Und irgendwann – mein derzeitiges Zeitempfinden ist sicher leicht verschoben – kommt ein Herr Doktor und behandelt mich. Die Schwester rasiert mir das Haar um die Wunde herum, der Herr Doktor verpasst mir eine Injektion, begleitet von irgendwelchen dummen Sprüchen und versorgt die Wunde. Ich lasse das alles stumm über mich ergehen.

Als ich wenig später an der Seite meines Wohnhauses aus dem Auto steige, putzt Solveig gerade das Bad.

Sie sieht zufällig herunter und erblickt einen ihr bekannten Herrn mit einem weißen Turban auf dem Haupt.

Ein spitzer Schrei des Entsetzens dringt zu mir herunter. Ich winke beschwichtigend hinauf zu ihr und rufe ihr zu, dass es schlimmer aussieht als es ist...

Heute wird die Bodenplatte gegossen. Ein paar Freunde aus dem Wanderclub helfen mir dabei. Als wir fertig sind mit dem Verteilen der großen Betonmenge und dem Glattziehen, steigt ein Gefühl der Zufriedenheit in mir auf. Ich bin mit der Entwicklung mehr als zufrieden.

Ich verbringe jede freie Minute auf der Baustelle. Nach Büroschluss fahre ich direkt dorthin und arbeite bis zum Dunkelwerden. Samstag und Sonntag arbeite ich ganztags dort. Ich habe eine Kolonne *„Schwarzarbeiter"* angeheuert, die für mich durchs Feuer gehen. Das mag wohl daran liegen, dass ich den Capo der Truppe mit seinem Sohn am Sonntag ins Krankenhaus fahre, um die kranke Ehefrau zu besuche und auch später wieder nach Hause bringe.

Eines Abends, nach der Arbeit, als ich Vater und Sohn in ihre Unterkunft fahre, lädt mich der Vater ein den heutigen Geburtstag seines Sohnes mit zu feiern. Ein *„NEIN"* meinerseits wird nicht akzeptiert und so sitze ich in meiner verdreckten Arbeitskleidung in einem kleinen Zimmer, umringt von diversen Mitbewohnern, die eines gemeinsam haben: weit weg von zuhause lebend, eingepfercht in viel zu kleinen Räumen, vom

Vermieter ausgebeutet, Geld zu verdienen und zu sparen für ein besseres Leben später in ihrer Heimat.

Ich genieße die aufgedeckten Speisen, welche von Mitbewohnern aus den benachbarten Zimmern herbei getragen werden und trinke Sliwowitz mit Menschen, die mich behandeln, als wäre ich einer der ihren. Das geht so weit, dass ich mit ihnen nicht nur esse und trinke, sondern auch im Kreis tanze. Und dazwischen heißt es immer wieder: *„Schiveli – auf das Leben!"*

Als ich nach viel zu viel *„Schiveli"* nach Hause komme, wasche ich den Geruch der Arbeit und den Dunst des Sliwowitzes unter der Dusche kräftig ab. Dann gehe ich ins Schlafzimmer, um von meiner tollen Geburtstagsfeier zu berichten.

Dazu kommt es jedoch nicht wirklich. Solveig ist entsetzt über meine intensive körperliche Ausdünstung. Knoblauch lässt grüßen. Der wesentliche Bestandteil serbisch-kroatische Küche dringt aus all meinen Körperporen und wälzt sich vor mir her. Selbst ein weiterer Duschvorgang vermag daran nichts zu ändern. Ergo verbringe ich die Nacht auf der Couch im Wohnzimmer.

Der Hausbau macht gute Fortschritte. Ein spezieller Mitarbeiter heißt Adam und ist Moslem. Er ist ein Hüne von einem Mann. Mit ihm setze ich den Kamin. Die Kaminsteine haben ein Mordsgewicht und sind von einer Person kaum zu tragen. Während ich alle Kraft aufwenden muss, um diese Teile herum zu wuchten, stellen sie für Adam keine wirkliche Herausforderung dar. Als es Zeit für das Mittagessen wird, überrasche ich Adam mit meiner mitgebrachten Speise. Aus einer großen Feinfühligkeit heraus habe ich Heringsfilet in Tomatensauce besorgt, wissend, dass ein Moslem kein Schweinefleisch isst. Aus Solidarität habe ich das Gleiche für mich genommen.

Meine Überraschung verpufft jedoch völlig, als der Moslem Adam ein gebratenes Huhn auspackt und genüsslich verspeist. Mein liebevolles Speisenangebot übersieht der Riese geflissentlich. Ich kann danach für lange Zeit kein Heringsfilet in Tomatensauce mehr sehen.

Als ich am Abend nach Hause komme und mich in die Badewanne setze wird das ganze Ausmaß der Aktion „Kaminsetzen" erst offenbar. Ich kann meine Arme nicht mehr heben. Die ganze Arm- und Beinmuskulatur ist völlig übersäuert. Solveig muss mich waschen wie ein kleines Kind; ich selbst bin dazu nicht imstande. Heftige Muskelkrämpfe suchen mich heim.

Ein Dreivierteljahr ist vergangen und was niemand geglaubt hat – wir ziehen in unser Haus ein. Als ich vor neun Monaten meine Mietwohnung gekündigt habe, haben mich alle für verrückt erklärt.

„Wie kann man eine Wohnung kündigen, bevor man genau weiß, wann man das Haus beziehen kann?", so der allgemeine Tenor. Ich habe es getan, weil ich mir dieses Ziel gesetzt hatte und weil ich es so wollte. Und ich habe mein Ziel erreicht.

Alles ist soweit geschafft, bis auf die Tapezierung des Treppenhauses. Ich nehme mir jetzt erst einmal eine Auszeit. Die habe ich mir wahrlich verdient.

„Ich habe das Fundament gegraben, die Abwasserleitungen verlegt, Schlitze für die Elektroleitungen geschlagen, Rigipsplatten an Decken und Wänden angebracht und verspachtelt, Decken und Wände tapeziert und ausgemalt, Teppichböden verlegt und vieles andere mehr. *Jetzt muss es genug sein.*", so denke zumindest ich; aber Solveig sieht das anders. Sie drängt darauf das Treppenhaus zu tapezieren und ich mache es. *Aus Liebe oder aus Dummheit?*", die Frage stellt sich; aber nicht vornehmlich für mich. Sie stellte sich auch früher nicht, als ich immer wieder ihrem Drängen nachgegeben habe, wenn ich todmüde nach Hause kam, sie auf die Baustelle zu fahren, um den Baufortschritt zu besichtigen...

Wir fühlen uns sehr wohl in unserem Haus und die Kinder genießen das Herumtollen im freien Gelände hinter dem Haus. Unwohl fühle ich mich bei dem Gedanken, dass wir nachfinanzieren mussten. Durch die lang anhaltende Trockenheit im Sommer hatte der Rhein Niedrigwasserstand, was zur Folge hatte, dass die Baumaterialien wesentlich teurer wurden. Und hinzu kam, dass die Kreditzinsen explodiert sind. Und das alles bei der eng kalkulierten Finanzierung unseres Hausbaus.

In der Zwischenzeit haben wir zu beiden Seiten Nachbarn dazu bekommen. Zur Linken wohnt jetzt ein befreundetes Ehepaar und zur Rechten ein ehemaliger Kollege von Solveig mit seiner Familie. Und da wir eine schöne große überdachte Terrasse haben, spielt sich das gesellschaftliche Leben am Berg des Neubaugebietes überwiegend bei uns ab.

Die Grill- und Fassbiersaison erstreckt sich von April bis in den Oktober hinein und es vergeht kein Wochenende, ohne dass wir zu sechst oder zu acht Gegrilltes mit frisch Gezapftem hinunter spülen. Den Geburtstag von Solveig im Juni feiern wir mit einem privaten Feuerwerk und versetzen damit die Bewohner im Dorf in höchstes Erstaunen. Möglich ist das nur, weil ich den Besitzer eines Waffengeschäftes in der Stadt persönlich kenne und weil mir dieser – unter dem Mantel der Verschwiegenheit – Feuerwerkskörper außerhalb der erlaubten Zeit verkauft hat.

Sylvia und Sascha sind inzwischen im schulfähigen Alter. Sie gehen in die örtliche Volksschule, die nicht weit von unserem Haus liegt. Es ist nur ein kurzer Fußweg dorthin.

Vor einigen Wochen haben wir ein Ehepaar kennen gelernt. Sie sind Mitglieder im Obst- und Gartenbauverein, dem wir auch beigetreten sind. Wir verstehen uns auf Anhieb und verbringen viel Zeit miteinander. Sie heißen Marian und Ingrid und haben einen Sohn in Saschas Alter. Ingrid ist eine kleine Person mit einer großen Ausstrahlung. Sie gefällt mir auf den ersten Blick. Und Marian hat unübersehbar ein Auge auf Solveig geworfen. Es vergeht kaum ein Wochenende, an welchem wir uns nicht treffen. Der Umgang ist sehr intim; jedoch ohne dass wir uns körperlich nahe kommen. Ein Küsschen auf die Wange und der eine oder andere verliebte Blick.

Ganz anders hingegen ist das Verhältnis zwischen Erika und mir. Erika ist die Ehefrau von Eberhard. Die beiden bewohnen die Einliegerwohnung in unserem Haus. Erika ist eine Nymphomanin. Sie macht keinen Hehl daraus und bombardiert mich bei jeder Gelegenheit mit feurigen Blicken. Eberhard ist Lokführer bei der Eisenbahn. Sobald er dienstfrei hat, muss er Erika *„zu Willen sein"*. Und das oft mehrmals am Tag. Da ihr Schlafzimmer flächengleich direkt unter unserem Schlafzimmer liegt, bleiben ihre sexuellen Aktivitäten kaum verborgen. Der Vorgang ist mit lautem Stöhnen verbunden, das durch Mauern dringt und auch vor meinen Ohren nicht Halt macht. Das erregt mich und ich muss ein gewisses Neidgefühl unterdrücken. Unser Sexualleben unterliegt geordneten Strukturen: freitags nach dem Baden habe ich Zugang zu Solveigs Körper. Es gibt auch Ausnahmen; die sind aber eher selten. Vor der Geburt der Kinder war das anders. Da herrschte noch *„reger Verkehr"* in unserem Schlafgemach.

Sylvia hat Mumps. Solveig steckt Sascha ins Sylvias Bett, auf dass er sich bei seiner Schwester infiziere. Somit wäre dieses Thema mit einem Aufwasch erledigt. Und es klappt. Auf Saschas Gesicht zeigt sich schon bald der Erfolg.

In wenigen Tagen fahren die Mitglieder des Obst- und Gartenbauvereins mit Bussen für eine Woche an den Bodensee. Wir haben uns auch für diese Fahrt angemeldet. Leider hat der Mumps der Kinder mein Immunsystem überlistet. Ich frage unseren Hausarzt, ob ich trotzdem mitfahren könne. Er bejaht meine Frage, gibt aber zu bedenken, dass eine potenzielle schwangere Mitfahrerin Schaden nehmen könnte, sollte ich sie infizieren. Dieses Risiko ist mir zu hoch. Ich ermuntere Solveig die Reise nicht abzusagen. Ich könne gut selbst auf mich aufpassen und außerdem sei ja noch Erika im Haus, die nach mir schauen und eventuelle Einkäufe für mich tätigen könne. Und zudem hätten sich die inzwischen genesenen Kinder so darauf gefreut. Ich muss keine große Überzeugungsarbeit leisten. Solveigs Widerstand hält sich in Grenzen.

Erika hat mir schon mehrmals damit gedroht mich verführen zu wollen. Sie lauert mir jedes Mal auf, wenn ich in der Mittagspause nach Hause komme. Wenn sie mich mit dem Auto kommen hört, steht sie vor der Wohnungstür und blitzt mich an mit ihren dunklen Augen, und es kostet mich jedes Mal große Überwindung an ihr vorüber die Treppe in den ersten Stock hinauf zu gehen ohne sie zu berühren.

Die Krankheit, die ich glaubte kein zweites Mal bekommen zu können, tut nicht weh. Sie macht nur ein wenig müde. Ich hatte als Kind Mumps und man sagt, dass sie kein zweites Mal zuschlagen würde. Bei mir tat sie es. Man sagt auch, dass sie eventuell zeugungsunfähig machen würde. Auch das ist ein Irrtum, wie sich später einmal heraus stellen wird.

Nun liege ich – nur mit einer Unterhose und einem kurzen Bademantel bekleidet - unter der vor der Sonne schützenden Terrasse auf meiner Liege und döse vor mich hin. Aus dem Kofferradio dringen Schlager an mein Ohr und ich fühle mich gut. Ich fühle mich noch besser, als Erika um die Ecke kommt mit einer Schüssel frischer Erdbeeren. Sie war auf dem Markt und hat sie für mich gekauft. Sie setzt sich zu mir und flirtet mit einer Intensität, die mich schwindelig macht. Sie sagt eindeutig zweideutige Dinge zu mir und ich genieße es. Meine Unterhose wölbt sich verdächtig, was mir eher peinlich ist. Ich ziehe den Bademantel darüber und Erika quittiert diese Handlung mit einem breiten Lächeln.

„Ich glaube, ich lege mich jetzt besser ins Bett", sage ich zu Erika und gehe hinein. Ich bin über die Maßen erregt und mein Verstand tritt dezent in den Hintergrund. Bevor ich ins Schlafzimmer gehe, öffne ich noch die Eingangstüre zu unserer Wohnung. Die Schlafzimmertüre lasse ich ebenfalls offen stehen. Dann ziehe ich mich aus, lege mich aufs Bett und schlage die Bettdecke andeutungsweise über meinen nackten Körper. Ich höre das Blut in meinen Ohren rauschen und ich höre auch, wie die Eingangstüre geschlossen wird. Dann betritt Erika das Zimmer. Sie öffnet ihren Bademantel, schlägt die Bettdecke zurück, und was dann kommt, übertrifft meine kühnsten Träume und lässt die wildesten Fantasien Wirklichkeit werden. Leidenschaft hat einen Namen: Erika!

Solveig und die Kinder sind wieder wohlbehalten von ihrer kleinen Urlaubsreise zurück. Sie haben die paar Tage genossen und das gute Wetter hat das Seine dazu beigetragen. Auch ich fühle mich rundherum wohl und ich habe auch kein schlechtes Gewissen Solveig gegenüber, bezogen auf den Quickie vor einigen Tagen. Und missen möchte ich dieses Erlebnis auch nicht.

Die Treffen mit Ingrid und Marian werden häufiger. Und der Flirtfaktor ist eindeutig größer geworden. Das ist in dieser Zeit nichts Anstößiges. Wir leben in der

Zeit von „*Flower power*" und der Beatles-Song „*All you need is love*" hat in den Köpfen und Herzen der Menschen Einzug gehalten. Wir fühlen uns frei und wir genießen diese Freiheit.

Inzwischen ist es Herbst geworden und wir freuen uns schon sehr auf unsere Fahrt nach Südtirol. Es ist der zweite Jahresausflug unseres Vereins. Ingrid und Marian werden ebenfalls dabei sein und auch unsere Kinder. Es wird eine anstrengende Woche werden. Tagsüber Busausflüge in die nähere Umgebung und abends Halligalli in diversen Weinkellern. Dieser Urlaub wird alle Jahre wieder durchgeführt und zwischen den Mitgliedern des südtiroler Obst- und Gartenbauvereins und unseren Mitgliedern haben sich schon viele Freundschaften entwickelt.

Wir haben heute einen schönen Ausflug nach Meran gemacht. Ingrid, Marian, Solveig und ich haben uns mit den Kindern von den anderen etwas abgesetzt. Wir genießen unseren Streifzug durch das Obstparadies und sind am Abend rechtschaffen müde. Nachdem wir die Kinder zu Bett gebracht haben, treffen wir uns mit unseren südtiroler Freunden in einem privaten Weinkeller.

In den Keller gelangen wir über eine endlos scheinende schmale Treppe, welche tief unter die Erde führt. Als wir unten angelangt sind, werden wir von einer fröhlich ausgelassenen Stimmung und einer Alkohol geschwängerten Dunstglocke empfangen. Wir reihen uns nahtlos in diese Gesellschaft ein.

Nach mehreren Gläsern und einigen gesungenen Liedern, steige ich mit Ingrid zurück an die Oberfläche, um etwas frische Luft zu schnappen. Dort setzen wir uns auf eine Bank unter einer alten Linde und halten uns verstohlen bei der Hand. Es ist eine sternenklare Nacht und „*Love is in the air*". Über die Gefühle, die wir zwei für einander hegen, herrscht keinerlei Zweifel mehr. Und dann macht mir Ingrid ein unbeschreiblich schönes Geschenk. Sie schaut mich an und sagt dann: „*Wenn wir zwei auf einer einsamen Insel wären, würde ich ein Kind mit dir haben wollen*".

Kann man Liebe noch schöner ausdrücken? Ich glaube nicht. In diesem Augenblick sind wir beide dem Glück so nah, wie noch nie zuvor.

Etwas später gehen wir noch auf einen „*Absacker*" in unser Zimmer. Der Wunsch auf noch mehr Alkohol ist nur ein Vorwand. Im Grunde genommen wollen wir nur nicht, dass der Abend schon endet. Unsere Kinder schlafen tief und fest. Kein Wunder, der Tag war sehr anstrengend und es ist schon weit nach Mitternacht. Solveig legt sich auf ihr Bett und Marian sitzt am Boden davor. Ingrid und ich sitzen – etwas entfernt – auch auf dem Boden. Das Zimmer ist nur spärlich beleuchtet; aber hell genug, um erkennen zu können, wie die Hand Marians unter Solveigs Bettdecke fährt. Solveig macht keinerlei Anstalten es abzuwehren. Im Gegenteil; sie scheint es zu genießen. Ich sehe es ganz deutlich; aber es stört mich nicht. Ingrid kann es nicht sehen, denn sie sitzt mit dem Rücken zum Bett und schaut mich verliebt an. Ich tauche ein in ihren Blick und fühle mich zuhause darin.

Heute feiern wir unser „*Fünfjähriges*". So lange kennen wir uns schon. Wir veranstalten ein kleines Festessen. An unserem Verhältnis hat sich nichts geändert. Marian begehrt Solveig und ich liebe Ingrid. Nicht dass ich kein Verlangen verspürte mit Ingrid eins zu werden; aber im Vordergrund steht ein tiefes Gefühl, das man Liebe nennt. Marian ist ein Womanizer und er lebt das auch aus. Ich bin mir nicht sicher, ob er das Gefühl „*Liebe*" überhaupt kennt. Die Frauen fliegen ihm zu; er hat eben „*das gewisse Etwas*", wie man das wohl nennt. Ich habe es selbst oft miterlebt. Verstehen kann ich es nicht; denn ein Schönling ist Marian ganz sicher nicht.

Ingrids Vater hat sie und seinen Enkel auf eine Busreise nach Hamburg eingeladen. Er reist mit der Bahn an, übernachtet bei Ingrid und steigt dann am nächsten Abend mit Ingrid und Florian in den Bus nach Hamburg. Ich lasse es mir nicht nehmen bei der Verabschiedung dabei zu sein. Es ist Ende Juli und es ist jetzt am Abend noch immer recht warm.

Marian habe ich schon vor Tagen eingeladen am Samstag bei uns zu essen und auch zu nächtigen. So bräuchte keiner alkoholisiert Auto zu fahren. Hinter dieser Einladung steckt ein perfider Plan. Ich habe ihn geschmiedet ohne mir dessen bewusst zu sein. Viele Jahre später werde ich mich dessen schämen und diese Geschichte zutiefst bereuen:

Ich hole Marian in unserem Stammlokal ab und ich fahre dann – nach dem Konsum von einigen Gläsern Wein – mit Marian zu uns nach Hause. Solveig begrüßt unseren Gast sehr herzlich und dann wird gegessen. Ein Schnäpschen zur Verdauung und dann Wein; viel, viel Wein.

Etwa drei Stunden später beginne ich mit meinem Schmierentheater. Ich fange an zu lallen und täusche einen wackligen Gang vor. Um noch überzeugender zu wirken, lasse ich mich – unmittelbar nach dem Gang auf die Toilette – gekonnt auf den Boden fallen. Ich lache über mein Ungeschick und Marian und Solveig finden das Schauspiel sehr amüsant. Dann verabschiede ich mich und gehe zu Bett. Der erste Akt meiner Vorstellung ist erledigt. Nun folgt der zweite.

Die beiden besorgten Zuschauer geleiten mich zu Bett und schauen, ob ich auch gut zugedeckt bin. Ich lalle noch ein paar unverständliche Worte und beginne heftig und laut vernehmlich zu atmen. Dieses wird belustigt kommentiert: *„Den hat `s aber ordentlich erwischt"* und ähnliches. Solveig und Marian verlassen das Schlafzimmer und gehen ins Wohnzimmer.

Nach geraumer Zeit kommt Solveig ins Schlafzimmer und zieht sich ihren Pyjama an. Sie macht das ohne das Licht einzuschalten. Dann geht sie wieder zurück ins Wohnzimmer. Es dauert nicht lange, als Solveig wieder das Schlafzimmer betritt. Dieses Mal ist Marian dabei. Ich atme tief und fest. Solveig spricht mich an; ich reagiere aber nicht. Dann verlassen beide das Schlafzimmer und der Rest der Geschichte bleibt ein Geheimnis der beiden.

Ich habe eine feste Meinung davon, was in dieser Nacht noch weiter geschehen ist. Auf alle Fälle ist meine

Berechnung aufgegangen. Ich wollte, dass das alles geschieht. So habe ich einen guten Grund meine Bemühungen um Ingrid weiter voran zu treiben. Moralische Bedenken oder eventuelle Schuldgefühle, die aus der Tiefe des Unterbewusstseins in die Bewusstseinsebene aufsteigen wollen, werden von der Freude über den geglückten Plan erschlagen. Sie haben keine Chance.

Am 24. April des folgenden Jahres wird Tobias geboren. Dieser Tag ist auch der Namenstag von Marian. *„Honi soit qui mal y pense".*

Nach jener schwül-heißen Sommernacht im Juli des vergangenen Jahres hat Solveig immer wieder versucht mit mir intim zu werden. Ich habe meine Mumpserkrankung als Vorwand benützt ihr nicht beiwohnen zu können; denn ich hatte für mich beschlossen meiner großen Liebe Ingrid treu zu sein. Allein der Gedanke, dass Marian sie weiterhin anfasst, war sehr schmerzhaft für mich.

Die Taufe Anfang Mai ist eine Farce. Die Taufpatin und ihr Ehemann sind schon eingetroffen. Es sind dies Ingrid und Marian. Bevor wir in die Kirche fahren, trinken wir auf der Terrasse ein paar Gläser Wein auf das Wohl des neuen Erdenbürgers. Der Alkohol und die Hitze, die an diesem Sonntag herrscht, versetzen uns in eine äußerst heitere Stimmung.

Wenig später sitzen wir in einer kleinen Kirche in unserer Nähe. Außer uns ist sonst niemand anwesend.

Die Ansprache des Würdenträgers geht spurlos an uns vorüber, denn - bedingt durch den Alkoholkonsum — schweben wir in anderen Sphären. Dem kleinen Tobias ist das alles vollkommen egal. Er äußert nur leichten Unmut, als ihm Hochwürden das kalte Wasser über den Kopf leert.

Wir gehen in das örtliche Gasthaus zum Festtagsschmaus. Tobias hat sich wieder eingekriegt und schläft friedlich in seinem Körbchen. Wir lassen uns das Essen schmecken. Ich schaue in Marians Gesicht und frage mich, ob er vielleicht in Erwägung zieht, dass das Patenkind seiner Ehefrau sein Sohn sein könnte. Ich glaube aber nicht…

Ingrid und ich kommen uns immer näher. Nicht körperlich, aber seelisch. Wenn sich unsere Blicke begegnen, sind sie erfüllt von einer tiefen Liebe und dem unerfüllten Wunsch miteinander zu verschmelzen. Wir treffen uns heimlich und lassen es wie ein Zufall aussehen. So verabreden wir uns zum Einkauf im Großmarkt oder im Hallenbad.

Mein Wunsch mich von Solveig endgültig zu lösen, um für Ingrid frei zu sein, hat sich in der letzten Zeit immer mehr manifestiert. Heute mache ich Nägel mit Köpfen. Ich sitze beim Anwalt und leite die Scheidung ein. Jetzt gibt es keinen Weg mehr zurück.

Als Solveig einige Tage später den Brief von meinem Anwalt erhält, fällt sie aus allen Wolken. Sie ruft sofort ihre Schwester an. Gerda kommt gleich am nächsten Tag, um auf mich einzuwirken. Ich lasse mich erst gar nicht auf irgendwelche Diskussionen ein und verlasse das Haus.

Die nächsten Tage und Wochen verlaufen eigenartig. Solveigs Verhalten verwirrt mich. Keine verbalen Ausfälle und keine Tränen; zumindest nicht in meinem Beisein. Völlig überrascht bin ich dann, als ein Brief vom Gegenanwalt kommt mit einer genauen Auflistung des von mir zu zahlenden Unterhalts.

Ich habe mir in der Stadt eine kleine Mansardenwohnung gemietet. Sie misst gerade einmal 36 Quadratmeter und liegt nicht allzu weit von meinem Arbeitsplatz entfernt. Ich habe lediglich meinen Schreibtisch, meinen alten Plattenspieler, ein paar Platten und meine Schreibmaschine mitgenommen.

Ein alter Freund, dessen Schwager eine Spedition betreibt, hat sich einen kleinen LKW ausgeliehen. So spare ich mir horrende Umzugskosten. Als ich, neben den wenigen Sachen, die ich mir ausgesucht habe, noch einen alten Kopfpolster in den Umzugswagen einpacken will, rastet Solveig aus. Sie zerrt an diesem Teil wie eine Furie. Ich lasse aus, obwohl es ein Kopfpolster aus meinem Elternhaus ist. Ich empfinde zum ersten Mal so etwas wie Mitleid mit Solveig. Ich will nur noch weg, so schnell wie möglich.

Solveig hat die Kinder an diesem Tag bei einer Freundin untergebracht und so kann ich mich noch nicht einmal von ihnen verabschieden.

Mutter und Tante Luise waren entsetzt, als ich ihnen vor einer Woche meine Scheidungsabsicht kund getan und um „Asyl" gebeten habe. Besonders Mutter leidet sehr unter der Trennung. Ihre kleine Sylvia liebt sie über alles.

Mehr noch leidet sie, als ich sie bitte keinen Kontakt zu den Kindern aufzunehmen. Ich mache das mit so viel Nachdruck, dass meine Bitte schon mehr den Charakter eines Verbots hat.

Für mich selbst habe ich beschlossen den Kontakt ganz abzubrechen, um den Kindern nicht das Gefühl zu vermitteln, hin und her gerissen zu sein. So sehr dies jetzt ein scheinbar edles Handeln in mein Hirn einpflanzt, so sehr werde ich viel später erkennen müssen, dass mein Handeln eine reine Selbstlüge war. Meine Ratgeber sind jedoch zurzeit der Egoismus und die Lieblosigkeit.

Ich habe mir aus meinem alten Zimmer mein Bett, ein Nachtkästchen und einen Schrank geholt. Eine „Einpersonen-Garnitur" Geschirr, Besteck und drei Stühle haben mir meine zwei Mädels auch überlassen. Jetzt brauche ich nur noch einen Kühlschrank, einen Zweiplattenherd, einen kleinen Tisch und einen Spiegelschrank für das Bad. Damit ist mein Haushalt komplett.

Ich hätte nicht gedacht, dass man ohne Fernseher leben kann; aber es geht. Es geht sogar gut. Ich habe ein kleines Kofferradio und das genügt. Außerdem habe ich ja noch meinen Plattenspieler und viel Muße Musik zu hören.

143

Meine finanzielle Lage ist äußerst angespannt. Der Erlös des zwangsläufig verkauften Hauses hat leider nicht die Verpflichtungen abgedeckt. So muss ich weiterhin Schulden zurück zahlen. Dazu die Unterhaltskosten, die Miete, Strom, Wasser, Heizung und Telefon, da bleibt nicht mehr viel für Essen und Trinken übrig. Das Auto musste ich auch verkaufen. Aber ich bin frei. Frei für Ingrid; das allein zählt.

Mein Telefon ist ein Anschluss mit Geheimnummer. Ingrid ist der einzige Mensch, der die Nummer kennt. Wenn Marian am Abend in seiner Stammkneipe sitzt, dann gehört mir für ein paar Minuten Ingrid ganz allein. Dann reden wir über Zukunftspläne, über ein gemeinsames Leben weit weg von hier. Genau genommen rede ich – Ingrid hört eher zu. Ihr Wille auf eine gemeinsame Zukunft ist nicht annähernd so stark wie der meine. Aber das wird sich sicher bald ändern; so hoffe ich…

Heute ist Heiligabend. Es ist jetzt schon der dritte, den ich allein verbringe. Draußen liegt dicker Schnee. Ich habe die Einladung von Mutter und Tante, den Abend mit ihnen zu verbringen, ausgeschlagen. Ich habe die große Hoffnung, dass Ingrid mit Florian zu mir kommt.

Es ist gleich Mitternacht. Draußen schneit es noch immer. Ich sitze im dunklen Zimmer, nur erhellt durch die Kerzen eines kleinen Plastik-Weihnachtsbaums und dem herein fallenden Licht der Straßenlaterne. Aus dem Lautsprecher meines Plattenspielers dringt die sinfonische Dichtung „*Tod und Verklärung*"von Richard Strauß.

Ein leichtes Kratzen mischt sich zur Musik, so oft habe ich die Platte schon gespielt. Tränen rinnen mir über das Gesicht.

„Warum kommst du nicht?" rufe ich laut und der Schmerz will mich fast zerreißen. Ich war mir so sicher, dass Ingrid heute Abend kommen würde; wie auch schon die Jahre zuvor. Aber sie ist damals nicht gekommen und heute auch nicht. Sie ist noch nie gekommen, obwohl sie es schon einige Male versprochen hat.

Dann ziehe ich mich an. Ich will zur Türe, um in den Wald hinter dem Haus zu gehen. Ich will nicht mehr; ich habe keine Kraft mehr. Ich werde mich in den Schnee setzen und warten, bis mich der Tod barmherzig in seine Arme nimmt. Ich habe überhaupt keine Angst und meine Gedanken sind klar wie die eisige Nacht vor meinem Fenster.

Das Telefon läutet.

Eine unsichtbare Macht lässt mich den Hörer abnehmen. Es ist Ingrid. Sie bemerkt sofort, dass etwas nicht stimmt. Sie redet auf mich ein und bedrängt mich mit sanfter Gewalt zu antworten, obwohl sich alles in mir dagegen sträubt.
Ihre weiche Stimme umhüllt meine Seele und bringt mich dazu all meinen Schmerz in Worte zu fassen. Es ist ein sehr langes Gespräch. Bevor ich auflege, nimmt sie mir das Versprechen ab keinen Unsinn zu machen. Und sie ihrerseits verspricht mir mich bald in meiner Einsamkeit zu besuchen. Ich glaube ihr und fasse neuen Mut. Und ich gebe mich der Hoffnung hin, dass nun bald alles gut werden wird.

Ich habe wieder begonnen zu laufen. Ich laufe am Abend auf der Straße von meiner Wohnung in den Nachbarort und wieder zurück. Wenn ich laufe, ist es schon dunkel. Das ist mir nur recht; denn ich möchte niemandem begegnen. Eine Runde sind ungefähr sieben Kilometer und bald schaffe ich schon fünf Runden. Wenn ich fertig bin, lasse ich mir ein heißes Bad ein und bleibe lange in der Wanne liegen. Danach brühe ich mir einen Tee auf und halte meine Gedanken über den vergangenen Tag in meinem Tagebuch fest.

Heute bin ich wieder fünf Runden gelaufen. Ich habe sehr aufpassen müssen, denn die Straße war stellenweise eisig. Ich habe mir alte Socken über die Laufschuhe gezogen. So verhindere ich Stürze. Als ich wieder zuhause bin und mir Wasser für ein heißes Bad einlasse, läutet es an der Haustür. Ich schaue beim Fenster hinunter und traue meinen Augen nicht. Es ist Ingrid. Ich drücke auf den Türöffner und Ingrid kommt herauf.

Ich stehe schweißgebadet und dampfend in meinem dicken Laufanzug vor ihr und bin unfähig etwas zu sagen. *„Willst du nicht in die Wanne steigen?"*, fragt mich Ingrid mit einen süßen Lächeln, *„du erkältest dich sonst noch."*

Ich gehe zurück ins Badezimmer und Ingrid folgt mir. Dann ziehe ich mich aus und steige in die Wanne. Die Situation ist frei von jeder Scham oder Peinlichkeit; alles wirkt vollkommen natürlich.

Was jetzt folgt, hätte ich nie zu träumen gewagt. Ingrid entledigt sich ebenfalls ihrer Kleider und steigt zu mir in die Wanne. Alle Schmerzen sind mit einem Schlag vergangen und alle Tränen abgewischt. Ich bin nur noch glücklich. Ingrid gehört endlich mir.

Wir liegen in meinem Bett, eng aneinander geschmiegt, wir spüren einander und wir riechen einander. Wir reden miteinander ohne Worte und wir wünschen, die Zeit würde für immer stehen bleiben. Als Ingrid wenig später wieder geht, lässt sie ein unbeschreiblich kostbares Geschenk zurück: wir haben einander geliebt und wir gehören zusammen. Jetzt und für immer.

Das Trennungsjahr ist vorüber und ich habe heute den Bescheid meines Anwalts bekommen, dass die Verhandlung vor dem Familiengericht in drei Wochen sein wird. Verhandelt wird schon nach dem neuen Scheidungsrecht, nach dem es keine Schuldfrage mehr gibt sondern nur noch die Feststellung, ob eine Ehe zerrüttet ist oder nicht.

Die Verhandlung verläuft anfangs gut. Solveig beharrt darauf, dass unsere Ehe aufrecht erhalten bleiben soll. Der Richter bedeutet ihr sofort, dass die Ehe eindeutig zerrüttet ist und dass die Scheidung vollzogen wird. Er tut das mit einem süffisanten Lächeln. Ich bin zwar froh, dass er das so eindeutig darstellt, aber seine Art dabei gefällt mir nicht. Ich kenne ihn, denn er ist Kunde bei meiner Bank. Er ist verheiratet, hat eine kleine Frau, mit der er vier Kinder hat. Ein rechter Familienmensch eben.

Dann verkündet und verliest er das Urteil. Ein Passus überrascht mich und macht mich verständnislos: *„Die Ehefrau wird aus dem Innenverhältnis der Schuld entlassen."* Das ist der Wortlaut, der sich auf die bestehenden Schulden aus dem verlustträchtigen Hausverkauf bezieht. Mein Anwalt erklärt mir, was das bedeutet. Nicht nur dass ich Unterhalt zahlen muss, muss ich auch allein die Schulden zurück zahlen. Das trifft mich wie ein Keulenschlag. Ich bin davon ausgegangen, dass die Schulden, die wir ja gemeinsam gemacht haben, auch gemeinsam zurück zu zahlen sind.

Als die finanzielle Lage eng geworden ist, habe ich Solveig einen Halbtagsjob in einer großen Buchhandlung besorgt. Der Besitzer war auch ein Kunde meiner Bank und er ist meiner Bitte Solveig einzustellen gern nachgekommen. So würden wir unseren Verpflichtungen nachkommen können. Die Freude darüber währte jedoch nur kurz, denn Solveig wurde schon nach wenigen Wochen wieder entlassen. Den wahren Grund sollte ich erst viele Jahre später erfahren.
Solveig hatte sich gegenüber den anderen Kolleginnen als Chefin aufgespielt und diese haben den Besitzer vor die Wahl gestellt: *„Entweder wir gehen oder die Neue".* Weil die Kolleginnen schon lange in der Buchhandlung angestellt waren, fiel dem Inhaber die Wahl nicht sonderlich schwer.

Eine andere Geschichte, die mir in diesem Augenblick einfällt, ist die Sache mit der Erbschaft. Als Solveigs Mutter vor Jahren das Zeitliche gesegnet hatte, erbte der jüngere Bruder alles. Die beiden Schwestern bekamen noch nicht einmal einen Pflichtanteil. Meiner vielversprechenden Bitte, das Testament um den Pflichtanteil anzufechten, ist Solveig damals nicht nachgekommen. Das hätte uns finanziell sehr geholfen.

Und nun soll die Frau, die aus dem vom Schicksal uns zugeworfenen Rettungsring beide Male die Luft heraus gelassen hat, aus der Verpflichtung unserer Schulden entlassen werden? Das ist im hohen Maße ungerecht.

Wie heißt es so schön? *„Auf See und vor Gericht ist man in Gottes Hand."* Das mag in meinem Fall auf die See zutreffen; vor Gericht war ich in der Hand des Richters, von dem ich glaubte, er sei mir gewogen, der aber mehr noch ein hundertprozentiger Familienmensch ist. Ich hatte bei ihm von Anfang an schlechte Karten.

Die Freude jetzt endlich frei zu sein überwiegt. Jetzt können wir endlich unseren Plan verwirklichen und weg von hier ziehen; weit, weit weg.

Ingrids Vater hat sich bereit erklärt Ingrids Umzug nach München zu begleiten. Ich habe mich bei einer dortigen Bank beworben und bin schon vor einer Woche in unser angemietetes Haus gezogen. Ich hatte den Vater meiner Liebsten inständig gebeten Ingrid zur Seite zu stehen, in dem Bewusstsein, dass Marian zu Gewalt neigt, wenn er angetrunken ist.

Die Mitteilung, dass ihn Ingrid verlassen wird, kam völlig überraschend für Marian. Es war uns gelungen unsere Liebe vor ihm und der Welt geheim zu halten. Ich hatte in der Zeit meiner Trennung von Solveig eine falsche Fährte gelegt. Dass sie erfolgreich war, zeigte die Tatsache, dass man mir nicht nur ein Verhältnis nachsagte sonder auch ein uneheliches Kind.

Dann ist es soweit. Als es läutet und ich öffne, stehen der Möbelwagen und meine neue, kleine Familie vor der Tür. Wir fallen uns in die Arme und in den Augen von Ingrids Vater kann ich Tränen erkennen.

Ich habe von meinem neuen Arbeitgeber zwei Tage frei bekommen, um den Umzug durchzuführen. Wir packen alle mit an und am Abend haben wir das Meiste bewältigt. Ingrids Vater bekommt das eine der beiden Betten von Florians Kinderzimmer. Ingrid und ich schlafen auf dem Boden. Im Gesicht meiner Liebsten lässt sich eine leichte Tristesse erkennen. Vielleicht ist es aber auch nur die Müdigkeit, hervorgerufen durch die Ereignisse des rückliegenden Tages.

Ich stelle meine Erwartungen zurück und wünsche Ingrid eine gute Nacht. Dann geschieht etwas Unerwartetes. Ingrid zieht ihren Pyjama aus und sagt: *„Bitte halte mich ganz fest und liebe mich!"* Wir lieben uns und dann schlafen wir fest umschlungen in einen neuen Tag, in ein neues Leben hinein.

„Das ist doch kein Zustand; ihr braucht dringend ein Schlafzimmer. Das ist mein Geschenk für euch zum Einzug!" Mit diesem Satz überrascht uns Ingrids Vater beim Frühstück. Wir fahren in die Stadt und kaufen Möbel.

Ingrids Vater ist am nächsten Tag wieder zurück nach Wien gefahren. Wir haben inzwischen unsere Möbel bekommen und uns eingerichtet. Ein kleineres Zimmer im Erdgeschoss haben wir für Ingrids Büro adaptiert.

Sie ist „*Area Managerin*" eines Uhren- und Schmuckkonzerns für Süddeutschland. Das hat sie schon gemacht, bevor wir geflüchtet sind. Ihre Tätigkeit ist gut dotiert und hat den Vorteil, dass sie von zuhause mittels Telefon und Fax operieren kann. Gelegentlich muss sie auch einmal Kunden aufsuchen, um deren Zufriedenheit zu überprüfen; das ist aber relativ selten.

Unsere kleine Familie funktioniert wunderbar. Florian geht hier zur Schule und er fühlt sich recht wohl. Und aus dem ehemaligen „*Onkel*" ist inzwischen ein „*Papa*" geworden. Florian nennt mich so mit einer Selbstverständlichkeit, die Ingrid genauso Freude macht wie mir. Es sind ja schon vier Jahre her, dass wir einander zum ersten Mal begegnet sind. Wir waren sofort ein Herz und eine Seele.

Das ist weiter nicht verwunderlich, wenn man bedenkt, dass sein leiblicher Vater keine besonderen Anstrengungen gemacht hat ein Vater-Sohn Verhältnis auszubauen. Marian liebt nur sich selbst und außerdem noch „*Wein, Weib und Gesang*". Wobei mit „*Weib*" nicht nur Ingrid gemeint ist.

Die Tätigkeit bei meinem neuen Arbeitgeber hält leider nicht, was sie versprochen hatte. Ich bin unter der Prämisse hierhergekommen, dass ich – nach einer kur

151

zen Einarbeitsphase – eine größere Filiale übernehmen sollte. Wie sich jetzt jedoch herausstellt, weiß der derzeitige Filialleiter nichts von diesem Vorhaben. Das wird mir klar, als ich ihm das erste Mal begegne.

Bei Arbeitsantritt war dieser Herr nämlich noch in Urlaub. Zu den übrigen Mitarbeitern konnte ich gleich ein gutes Verhältnis aufbauen. Sie wussten ja auch nicht, welches Süpplein da am kochen war.

Als ich dem Herrn Filialleiter auf die Frage, wer ich sei und was ich in seiner Bank wolle, wahrheitsgemäß geantwortet habe, dass ich sein Nachfolger sei, entlockte ich ihm damit ein schallendes Gelächter. Und mit seiner Antwort *„Das wüsste ich aber"* erreicht er bei mir den Grad höchster Verwirrtheit.

Er komplimentiert mich aus seinem Allerheiligsten hinaus, um ein kurzes Telefonat zu führen. Dann ruft er mich wieder hinein und teilt mir mit, dass ich am nächsten Tag in der Zentrale erwartet werden würde.

Der nächste Tag beschert mir eine weitere Überraschung. Als ich dem Herrn Direktor gegenüber sitze, eröffnet er mir, dass ich vorübergehend in einer anderen Filiale arbeiten solle. Auf meine Frage, was das alles zu bedeuten habe, bittet er mich lediglich um etwas Geduld; es gäbe noch einige Dinge zu ordnen.

Ich bin jetzt schon drei Wochen in der anderen Filiale und muss feststellen, dass ich vom Regen in die Traufe gekommen bin. Der dortige Filialleiter ist ein Zyniker par excellence. Wenn wir in der Mittagspause im kleinen

Freizeitraum der Bank sitzen, provoziert er einen der Kollegen in einer Art und Weise, die mir heftig widerstrebt. Ich habe große Mühe mich zurück zu halten.

Heute ist Freitagnachmittag und Ingrid holt mich mit Florian direkt von der Bank ab. Wir fahren nach Wien. Es sind nur vier, maximal viereinhalb Stunden Fahrt und dann sind wir da.

„Weißt du Muatterl, was i träumt hab?" Das ist ein altes Wienerlied. Das wäre an sich nichts Besonderes; besonders ist die Tatsache, dass dieses Lied das Lieblingslied meiner Großmutter war. Es ist insofern besonders, dass meine Großmutter nie aus Deutschland hinaus gekommen ist und keinerlei Beziehung zu Österreich hatte. Es ist einfach nicht erklärlich. Ebenso wenig wie meine Affinität, die ich zu diesem Land habe.

Die Fahrt ist sehr anstrengend, weil wir dichtem Verkehr ausgesetzt sind. Wir legen uns daher auch schon zeitig nieder, um für den nächsten Tag fit zu sein.

Ingrids Eltern haben ein kleines Sommerhaus außerhalb von Wien. Die Stadtwohnung benützen sie nur im Winter. Jetzt im Sommer verbringen sie die meiste Zeit heraußen. Das Haus liegt inmitten von Weinbergen und bis zum nächsten Heurigen sind es nur wenige Gehminuten. Dort pilgern wir am späten Nachmittag hin. Ingrids Mutter geht nicht mit uns. Sie hat uns ein kleines Körberl mit Essen hergerichtet, damit wir nicht verhungern. Es ist so Sitte, dass man sein Essen mitbringt, sich Teller, Besteck und Gebäck beim Buffet besorgt und bei der Bedienung einen Wein ordert. Natürlich kann man sein Essenauch beim Heurigen erwerben; muss aber nicht. Diese alte Sitte wird sich jedoch im Laufe der nächsten Jahre verabschieden, wie so vieles andere auch.

Musik gibt es hier keine. Die ist für die Touristen vorbehalten, die in Bussen angekarrt und dann in die Heurigenlokale in Wien verteilt werden. Sehr bekannt dafür ist Grinzing im 19. Wiener Gemeindebezirk oder Gumpoldskirchen, etwas außerhalb von Wien. Der Wiener selbst zieht es vor Heurige zu besuchen, in welche der Tourist nicht hinkommt. Natürlich gibt es hier auch Ausnahmen.

Ich genieße es sehr, hier mit den Menschen, die ich liebe, zu sitzen und einfach nur glücklich zu sein. Mir ist, als wäre das meine Heimat und nicht das kleine Dorf, von dem ich komme. München ist mir noch weniger Heimat als mein kleines Dorf. Und obwohl Wien größer ist, fühle ich mich hier wohl; sehr wohl.

Sonntag ist Schnitzeltag. Ingrids Mutter ist eine formidable Köchin und ihre Schnitzel mit Erdäpfelsalat sind eine Offenbarung. Was wir nicht schaffen, wird eingepackt. Und so fahren wir am Abend mit köstlicher Marschverpflegung Richtung Westen. Ingrid freut sich schon auf unser Zuhause, ich bin ein wenig traurig, dass wir wieder zurück fahren und Florian ist es egal.

Die neue Woche verläuft genauso wie die vergangene. Meine Tätigkeit ist nicht sehr anspruchsvoll und wenig befriedigend. Es ist bei weitem nicht das, was ich mir vorgestellt hatte. Gegen Wochenende passiert es dann. Der Herr Filialleiter kann in der Mittagspause wieder einmal nicht seinen Mund halten, und ich kann es auch nicht. Als er den Kollegen mit zynischen Bemerkungen traktiert, begleitet von einem süffisanten Lächeln, und der nette Kollege es hilflos über sich ergehen lässt, platzt mir der Kragen.

„Schämen Sie sich nicht den hilflosen Kollegen so vorzuführen, der Ihnen nicht nur rhetorisch unterlegen ist, sondern der sich auch nicht traut sich Ihnen entgegen zu stellen? Das ist erbärmlich! Wenn Sie möchten, können ja wir beide einen Diskurs führen; ich stehe Ihnen gerne zur Verfügung."

Das hat gesessen. Der Herr Filialleiter schaut mich zornig an und sein Gesicht errötet sichtlich dabei. Er überlegt kurz, steht dann abrupt auf und verlässt den Raum. Eisige Stille breitet sich über die Anwesenden. Es bedarf keiner Worte, denn die Blicke sprechen eine beredte Sprache. Sie drücken eine Mischung aus Zustimmung und Dankbarkeit aus. Ich bin erleichtert und ich bin mir in diesem Augenblick darüber im Klaren, dass ich am nächsten Tag hier nicht mehr erscheinen werde.

Das Gespräch am nächsten Tag beim Herrn Direktor in der Zentrale der Bank verläuft sachlich und ist schnell beendet. Ich mache aus meinem Herzen keine Mördergrube und breite all die Missstände vor ihm aus, die mir in der relativ kurzen Zeit meiner Tätigkeit untergekommen sind. Es handelt sich hierbei um Vorkommnisse, die den Herrn Direktor weniger erschüttern, als ich angenommen hätte.

Dann lässt er die Katze aus dem Sack. Er erzählt mir, dass die Tatsache, dass der Leiter der Filiale, die zu übernehmen ich eingestellt worden bin, schon lange im Visier der Geschäftsleitung stünde. Ich war dazu auserkoren worden die entsprechenden Beweise für dessen Unzulänglichkeit zu erbringen, um nach seiner Entlassung dessen Stuhl einzunehmen. Die Angelegenheit sei deshalb etwas diffizil, weil die liebe Tante dieses Herrn nicht nur sehr vermögend sei, sondern auch im Aufsichtsrat der Bank säße…

Diese Kunde trifft mich wie ein Keulenschlag. Ich brauche ein paar Augenblicke, um darauf reagieren zu können.

„Ich betrachte mein Arbeitsverhältnis hiermit als beendet; denn zum Spitzel tauge ich ganz und gar nicht!"

Ich bin selbst von mir überrascht, dass ich das gesagt habe. Und der Herr Direktor blickt nicht minder überrascht aus der Wäsche.

„Ich weiß, dass das ein Fehler war. Ich hätte Sie vorher informieren müssen. Es tut mir leid."

Ich glaube in diesem Augenblick sogar, dass er es ehrlich meint. Aber nichts desto trotz; ich bleibe bei meinem Entschluss und bitte den Herrn Direktor meine Papiere fertig zu machen lassen.

Als ich nach Hause komme und Ingrid von dem Gespräch erzähle und von meiner Kündigung, zeigt sie volles Verständnis für meine Haltung. Weniger Ver-

156

ständnis zeigt sie für meinen Vorschlag, den ich ihr mache. Ich möchte auswandern. Ich möchte nach Wien.

Ingrid kann sich anfänglich nicht so recht mit dem Gedanken anfreunden wieder nach Österreich zurück zu gehen, obwohl sie eine echte Wienerin ist. Sie lässt sich aber von meiner Euphorie mitreißen. Ich habe in der Zeit meiner Trennung mehrmals heimlich Ingrids Eltern besucht und wurde liebevoll von ihnen angenommen. Besonders Ingrids Vater hat einen Narren an mir gefressen. Und so stehen sie unserem Vorhaben wohlgesinnt gegenüber.

Die Tage bis zu unserem Umzug vergehen schnell. Florian ist schon mit seinem Opa voraus gefahren. Ingrids Vater hat ihn mit dem Auto abgeholt.

Als der Möbelwagen abgefahren ist, machen wir die Wohnung noch besenrein und beschließen dann unseren letzten Abend in Münchens Innenstadt zu verbringen. Nachdem wir einige Lokalitäten hinter uns haben, und nicht wirklich Stimmung aufkommt, fahren wir wieder zurück in die leere Wohnung. Wir haben ursprünglich vorgesehen die letzte Nacht auf dem Boden liegend zu verbringen, um am nächsten Morgen nach Wien zu fahren.

Doch dann machen wir etwas Verrücktes. Wir laden die wenigen Utensilien, die noch in der Wohnung sind ins Auto, schließen die Haustür zu, werfen die Schlüssel in den Briefkasten und fahren los.

Als wir gegen drei Uhr in der Früh von der Auto-
bahn aus über den Mondsee blicken, bietet sich uns ein
herrlicher Blick. Tiefe Wolken hängen über dem See
und darüber der Mond. Ein gespenstischer Anblick. Wir
schauen einander an und ich spüre in mir drinnen eine
tiefe Ruhe.

Wien, wir kommen! Und ich freue mich schon sehr
auf dich!

Ich habe meine alte Heimat abgestreift, um mich mit
Leib und Seele einer neuen zu verschreiben. Ich mache
das aus tiefster Überzeugung und ohne jedweden Vor-
behalt. Selbst meine Sprache hat sich assimiliert. Ich
esse keine Kartoffeln mehr, keine Tomaten, keine Boh-
nen und auch keinen Blumenkohl. Dafür speise ich jetzt
Erdäpfel, Paradeiser, Fisolen und Karfiol. Und statt
einer Schorle trinke ich jetzt einen Gespritzen.

Als ich München den Rücken gekehrt habe, stand
mein Entschluss fest, dass ich nie mehr in meinen alten
Beruf zurück kehren würde. Ich war bereit jede Arbeit
anzunehmen, die nicht in den Räumen einer Bank statt-
findet. Diesen Entschluss in der Arbeitswelt umzusetzen, erweist sich jetzt als problematisch. Ausländer können nicht ohne weiteres irgendeinen Beruf ausüben, und
obwohl ich im Herzen hundertprozentig Österreicher
bin, bin ich es jedoch nicht auf dem Papier.

Zum Glück hat Ingrids Vater eine kleine Firma, in
welcher ich als Hilfsarbeiter tätig sein kann. Anfänglich
hat er sich dagegen gewehrt, weiß er doch um meine

Schulbildung und um meinen bisherigen Beruf. Schluss-endlich hat er dann doch zugestimmt, wohl auch weil ich schwerlich etwas Anderes gefunden hätte.

Morgen muss ich zu einer amtsärztlichen Untersuchung. Das ist nun einmal Vorschrift.

Jeder kennt wohl die Bezeichnung *„Menschen erster und Menschen zweiter Klasse"*. Dass es das wirklich gibt, erfahre ich heute am eigenen Leib.

Als ich zur amtsärztlichen Untersuchung komme, finde ich mich am Ende einer langen Warteschlange wieder. Meine ausländischen Mitbürger unterscheiden sich von mir in zwei wesentlichen Dingen. Zum einen in der Physiognomie und zum anderen in der Kleidung. Während ich im feinen Zwirn stecke, weist deren Kleidung nicht gerade auf Wohlstand hin. Und das fällt sofort auf. Ein Mitarbeiter der Behörde kommt auf mich zu und heißt mich mitkommen.
„Sie müssen sich nicht da hinten anstellen; Sie können gleich nach ganz vorne durchgehen."
Ich komme dieser Aufforderung gerne nach.

Als sich die Tür öffnet, vor der ich stehe, treten zwei Immigrationsbürger heraus und aus dem Rauminneren ertönt eine Stimme: *„Die nächsten zwei!"* Diese Aufforderung wird interessanter Weise von keinem höflichen *„bitte"* begleitet.

Nun bin ich an der Reihe. Mit einem zweiten Bürger betrete ich den Raum. Drei aneinander gereihte Tische, dahinter zwei Männer und eine Frau und davor zwei Paravents. Wer von den drei Personen was ist, kann ich nicht ausmachen. Sie tragen alle einen weißen Kittel und das gleiche unfreundliche Gesicht.

„Ziehen Sie sich hinter dem Paravent bis auf Unterhose und Socken aus und treten Sie dann vor den Paravent!"

Wir kommen dieser Aufforderung nach. Ich weiß nicht, wie sich der andere Mensch neben mir in diesem Augenblick fühlt; ich fühle mich auf jeden Fall nicht sehr wohl.

Die beiden Weißkittel treten hinter ihren Tischen vor und beginnen mit der Untersuchung. Genauer gesagt, untersucht wird nur einer, nämlich mein Nachbar. Mein Herr Doktor begnügt sich mit einem freundlichen Lächeln, einer Regung, die ich ihm gar nicht zugetraut hätte. Dann nehmen beide wieder Platz.

„Ziehen Sie die Unterhose runter!"

Mein Nachbar scheint etwas verwirrt, macht dann aber, wie ihm geheißen. Er geniert sich sichtlich vor der anwesenden Frau, die meines Erachtens so etwas wie eine Protokollführerin darstellt. Vielleicht befindet sich mein Nachbar in einer kulturellen Zwickmühle; denn ich glaube, dass er das in seiner Heimat nicht machen würde. Auch ich fühle mich nicht wohl in meiner Haut, schicke mich aber an, auch meine letzte Hülle fallen zu lassen.

„Sie nicht; Sie können sich schon wieder anziehen!",
unterbricht der für mich zuständige Weißkittel mein
Vorhaben. Ich bin erleichtert; sehr sogar. Mein armer
Nachbar muss nun gewisse Untersuchungen an seinem
Gemächt von vorne und von hinten über sich ergehen
lassen, und die Frau Protokollführerin verfolgt diesen
Vorgang mit großem Interesse.

Als wir beide dann den Raum wieder verlassen, trifft
mich der Blick meines Immigrationsbruders und ich
weiß nicht, ob er Unverständnis oder Verachtung damit
zum Ausdruck bringen will. Ich weiß aber sicher, dass
ich mich für das System schäme, das solche Unterschie-
de bei Menschen macht, die in ein fremdes Land gekommen sind, um Arbeit zu finden, die es zuhause nicht
gibt. Und ich weiß seit heute, dass es *„Menschen erster und
zweiter Klasse"* gibt. Ich bin in diesem Augenblick ein
„Mensch erster Klasse" und ich fühle mich im hohen Maße
unwohl dabei, um nicht zu sagen: beschissen…

Ich bin jetzt schon einige Monate in Latzhose ge-
kleidet tätig und ich fühle mich sehr wohl. Meine erste
Maßnahme bestand darin Ordnung in die Werkstatt zu
bringen. Meine Kollegen, die anfänglich nur den
Schwiegersohn vom Chef in mir sahen, haben mich
inzwischen akzeptiert. Wohl auch deshalb, weil ich am
Freitag, nach Ende der Arbeitswoche, den Besen in die
Hand nehme und mit sauber mache. Ich habe den
Herrn auch beigebracht, die Asche ihrer Zigaretten in
das dafür vorgesehene Behältnis zu geben und nicht auf
den Boden zu schnippen. Fehlende Werkzeuge habe ich
ebenfalls beschafft und darauf geschaut, dass am Ende

eines Arbeitstages alle wieder an ihrem Platz landen. Deutsche Gründlichkeit eben.

Ingrid Vater gefällt das, ist er nicht zuletzt ein großer Freund der Deutschen. In seiner Bauernstube, die er im Wochenendhaus eingerichtet hat und die ihm als Refugium dient, sich der Muße hinzugeben, hängt an der Wand, neben einem Korbschläger (Fechtwaffe), den er noch aus seiner Studentenzeit besitzt, auch ein Dolch aus der „HJ-Zeit" mit der Gravur „Blut und Ehre". Er war wohl als Student in einer schlagenden Verbindung, denn ein Schmiss ziert seine rechte Wange.

In dieser Bauernstube sitzt er dann und hört klassische Musik; natürlich bevorzugt Wagner. Ich leiste ihm gelegentlich Gesellschaft und höre mir seine Ausführungen und Ansichten über das „Tausendjährige Reich" an und ich muss mich zurück halten, dass ich ihm nicht vehement widerspreche. Vielleicht bin ich auch nur zu feige dazu. Ich wundere mich nur, dass ein so hoch gebildeter Mann wie Ingrids Vater einen solchen hanebüchenen Blödsinn von sich gibt, von dessen Wahrheitsgehalt er zutiefst überzeugt ist.
Und trotzdem mag ich diesen Mann; ich mag ihn sogar sehr. Ich fühle eine tiefe Seelenverwandtschaft zu ihm, wenn er alte Schellackplatten mit Wienerliedern auflegt und wenn wir dazu das eine oder andere Glas Wein trinken, eingeschenkt aus einem Gebinde, das ich zuvor nicht kannte, einem „Doppler". Das ist eine Weinflache mit einem Fassungsvermögen von zwei Litern. Dann ist die Welt für ein paar Stunden in Ordnung. Alle Sorgen bleiben draußen und das „gestern, ebenso wie das morgen" existieren nicht.

Dass das gestern existiert, musste ich vor wenigen Tagen erfahren, als ein eingeschriebener Brief vom Jugendgericht kam. Darin werde ich aufgefordert zu einer Verhandlung „in Sachen Unterhaltszahlung" zu erscheinen.

Heute ist meine Verhandlung. Ich gehe relativ unaufgeregt hin, denn ich weiß, dass ich im Recht bin. Bezogen auf mein deutsches Scheidungsurteil, wird die Höhe der Unterhaltszahlung folgendermaßen berechnet: Einkommen minus Verpflichtungen der Bank gegenüber aus dem Verlust des Hausverkaufs ergibt die Basis für die Unterhaltszahlung. Und nach dieser Formel bleibt mir ein Minuseinkommen; also keine Basis für irgendwas.

Nun ist es ja leider so, dass Recht haben und Recht bekommen überhaupt nichts miteinander zu tun haben. Das wird mir an diesem Morgen in aller Deutlichkeit demonstriert. Der Richter in Deutschland, ein kleinwüchsiger „*Paragraphen-Bonsai*", besteht in seinen Ausführungen, dass der Beklagte, also ich, auch weiterhin in einer Bank zu arbeiten habe, um ein angemessenes Einkommen zu erzielen.

Diese Formulierung trägt zu einem Heiterkeitsausbruch beim österreichischen Kollegen bei. Überhaupt findet der Herr Richter diese ganze Angelegenheit recht amüsant und er macht auch überhaupt keinen Hehl daraus:
„*Der Herr Kollege aus Deutschland ist ein lustiger Vogel*", so sein Kommentar zu dem Ansinnen aus deutschen Landen. Und zu mir gewandt: „*Wissen `s was; hätten `s nur 20*

(i.W. zwanzig) Schilling zahlt, wären `s heut gar nicht hier. Aber so muss ich Sie halt verurteilen. "

Dann folgt der Richterspruch: *„Der Beklagte wird zu einer Freiheitsstrafe von 3 (i.W. drei) Monaten verurteilt. Die Strafe wird auf 6 (i.W. sechs) Monate zur Bewährung ausgesetzt. "*

Ich höre das Blut in meinen Ohren rauschen. Ich wurde gerade eben verurteilt. Ich bin jetzt vorbestraft. Das verstehe ich nicht! Ich kann doch nichts von nichts bezahlen; wie soll das gehen?

„Die Verhandlung ist geschlossen!"

Als ich das Gebäude verlasse, verändern sich meine bisherigen Wertigkeiten. Ich muss an die Baader-Meinhof-Terroristen denken, die unsere jetzige Zeit prägen und überall steckbrieflich gesucht werden. Und meine Gedanken finden sich in dem Satz wieder: *„Wenn heute noch ein Mitglied der Baader-Meinhof-Gruppe an meine Tür klopft, dann stelle ich ihm mein Bett zur Verfügung und gehe mit ihm in den Keller, um Bomben zu basteln. "*

Zwei Jahre sind seither vergangen und von diesem rabenschwarzen Tag ist nur mehr die Erkenntnis geblieben, dass man vor Gericht und auf hoher See wirklich in Gottes Hand ist. Ein anderer Richter hätte damals wahrscheinlich anders entschieden. So hatte ich das Pech, dass ich sowohl bei meiner Scheidung als auch beim Jugendgericht auf zwei Richter gestoßen bin, die sich weder ihrem Gewissen noch einem gesunden Rechtsempfinden verpflichtet fühlten. Sie handelten einfach aus ihrem augenblicklichen Gemütszustand heraus.

Ingrid und ich haben zwischenzeitlich geheiratet. Wir haben keine große Sache daraus gemacht. Anwesend waren nur meine Eltern und ein befreundetes Ehepaar. Ingrids Eltern waren nicht dabei. Ihre Mutter hat mir schon nach ein paar Monaten meiner Tätigkeit in der Firma den Krieg erklärt, weil sie meinen Einfluss auf ihren Ehemann missbilligte. Das ging so weit, dass sie das Gerücht in die Welt setzte, ich wolle mir den Betrieb unter den Nagel reißen. Ich hatte offenkundig zu viel frischen Wind in die Firma gebracht. Und so zog ich die Konsequenzen und kündigte. Ingrids Vater war damals eine große Enttäuschung für mich; denn er war nicht imstande sich gegen die abstrusen Vorwürfe seiner Gattin zu wehren. Was für ein erbärmlicher Feigling...

Seit Anfang dieses Monats arbeite ich in einem Saunabetrieb. Der Besitzer, den ich schon vor langer Zeit kennen gelernt habe, hat uns immer wieder eingeladen doch einmal seinen Betrieb zu besichtigen. Und so hat es sich irgendwann ergeben, dass wir an einem Sonntag zufällig in der Nähe waren und spontan beschlossen haben bei ihm vorbei zu schauen.

Erwin und Johanna staunten nicht schlecht, als wir plötzlich vor der Tür standen. Es war gerade Mittagspause und sie hatten etwas Zeit für uns. Ich erzählte ihnen von meinen irrwitzigen Erlebnissen und meiner momentanen Arbeitslosigkeit. Erwin sagte spaßeshalber, er suche einen Badewaschl. Das ist in unserem Sprachgebrauch die Bezeichnung für einen Bademeister. Als ich antwortete: „*Prima, da steht einer vor dir; wann soll ich anfangen?*", fiel ihm die Kinnlade herunter.

Die Arbeit in der Sauna ist ganz schön heftig. Eine Woche arbeiten – von Montag bis Sonntag – und eine Woche frei. Das klingt zunächst nicht so wild, aber die Arbeitswoche umfasst neunzig Stunden. Mein Tätigkeitsbereich umfasst die Wartung der Saunaanlage inklusiv Schwimmbecken und die Reinigung derselben, die Arbeit am Tresen und die Aufgüsse in der großen Sauna. Das Publikum ist bunt gemischt und die Öffnungszeiten unterteilen sich in Vormittags- und Nachmittagsbetrieb bis 22:00 Uhr abends. So treffe ich auf diverse Gruppen, wie Taxifahrer, Schwule, Familien und andere mehr. Ich bin überrascht, als ich feststelle, dass die normalsten und unkompliziertesten Gäste die Schwulen sind. Sie begegnen mir mit Respekt und Höflichkeit, was die „bessere Gesellschaft" schon einmal gerne vermissen lässt.

In der Sauna ist auch ein Masseur beschäftigt, der nur am Abend anwesend ist. Er verdient sich mit seinen Händen etwas nebenbei, denn im Hauptberuf ist er Müllkutscher. Wenn man seine Hände betrachtet, dann erkennt man sofort: der Mann kann zupacken. Er hat die hohe Kunst der Massage in einem sogenannten „*Schnellsiedekurs*" gelernt.

Sein Massagekammerl ist nicht sehr groß; dafür aber sehr warm. Das kommt zum einen von der Wärme, welche den Raum an sich erfüllt und zum anderen von der Körperwärme der von den Aufgüssen erhitzten Leiber. Dieses Gemisch kann man durchaus als subtropisch bezeichnen, das sich hervorragend für Orchideen eignet, für den Herrn Masseur jedoch eine große Belastung darstellt. Felix gleicht den immensen Flüssigkeitsverlust dadurch aus, dass er sich zwischen zwei Massagen einem Krügel Bier zuwendet, um verlorene Flüssigkeit und Mineralstoffe zu ergänzen. Das Ergebnis dieser Maßnahme erklärt auch die halbkugelförmige Vorwölbung an seinem Körper medial anterior.

Und schnell ist er, der Herr Felix. Ich schaue ihm gelegentlich bei der Arbeit zu; natürlich nur, wenn es der Gast erlaubt. Dann gleiten seine Hände wie die Kolbenstangen einer Lokomotive - über beide Beine zugleich – hin und her, dass es nur so eine Freude ist. Und wenn er mit seinen Pranken Bauch und Rücken malträtiert, hört man nur noch ein genüssliches Grunzen der Damen, die ihren nackten Körper willig in seine Hände geben. Das Verhältnis Damen zu Herrn liegt hierbei etwa bei 5 zu 1.

So eine Ganzkörpermassage dauert gerade einmal 20 Minuten und schon kommt das nächste Opfer an die Reihe. Wie ich schon sagte; schnell ist er, der Herr Felix. Als er bemerkt, dass ich Interesse an dem Metier zeige, bietet er mir an, mich in diese hohe Kunst einzuführen. Dass er das nicht ganz uneigennützig macht, merke ich spätestens, als er mir andeutet, dass ich ihn während seines Urlaubs vertreten könne.

Und schon bin ich der neue Massagelehrling des Massagelehrers Felix. Wir trainieren hart und bei jeder sich ergebenden Möglichkeit. Die Dinge, die er mir tagsüber beibringt, übe ich spät nachts, wenn ich nach Hause komme, mit Ingrid weiter. Inwieweit diese Prozeduren für Ingrid erquicklich sind, vermag ich nicht zu sagen. Sie vermittelt mir das Gefühl, ein begnadeter Masseur zu sein und ich gebe mich dieser Illusion nur allzu gerne hin. Zu anderen eher ehelichen Tätigkeiten wäre ich in meiner Arbeitswoche gar nicht fähig. Der Körper ist viel zu ausgelaugt. Das wird dann in der freien Woche nachgeholt.

Das Leben geht schon sehr verschlungene Wege. Dabei wird es uns Menschen nicht immer leicht gemacht die Dinge zu verstehen, die uns widerfahren. So verstehe ich auch nicht, dass mich mein Freund, von dem ich geglaubt habe, dass er ein solcher wäre, fristlos kündigt, als ich – bedingt durch eine schwere Krankheit – längere Zeit ausfalle. Nun stehe ich da, ohne Arbeit und von einem Menschen bitter enttäuscht. Durch Vermittlung des Arbeitsgerichts habe ich zwar noch eine kleine Abfindung von meinem Arbeitgeber bekommen und Arbeitslosengeld steht mir auch zu; aber das ist nicht gerade viel.

Ich beschließe die Zeit zu nützen und mache einen Massagekurs in einer dafür zugelassenen Massageschule. Während meines Wirkens unter dem großen Meister Felix habe ich Blut geleckt und ich kann mir den Beruf Masseur für mich ganz gut vorstellen. Also ab in die Schule.

Nach einem Vierteljahr habe ich ein Diplom, welches besagt, dass ich massieren kann. Dass das so nicht ganz stimmt, sollte ich schon bald herausfinden. Der Inhaber der Schule besitzt selbst einige Betriebe in der Stadt und in einem solchen darf ich mir ein paar Schillinge dazu verdienen.

Ingrid hat sich zwischenzeitlich ebenfalls in der Schule angemeldet; macht die Ausbildung jedoch abends. Auch sie hält eines Tages dieses Zertifikat in den Händen, das sie berechtigt den Beruf einer Masseurin auszuüben.

Monate später macht uns Herr Manker, so heißt der Besitzer, ein Angebot. Er lädt Ingrid und mich ein seinen Betrieb in einem Wiener Nobelbezirk zu besichtigen. Und dann lässt er die Katze aus dem Sack.

„*Wäre das nicht ein Betrieb für Sie?*", fragt er mich. Ich bin völlig überrascht. „*Ich glaube nicht, dass ich gut genug dafür bin und außerdem hätte ich gar nicht die Mittel dafür*", antworte ich ihm wahrheitsgemäß. „*Sie haben Talent, das habe ich schon während ihrer Ausbildung gemerkt*", schmiert er mir Honig ums Maul, den ich willig aufschlecke. „*Zusammen mit Ihrer Frau wäre das eine tolle Gelegenheit sich selbständig zu machen. Und das mit der Finanzierung kriegen wir sicher auch noch hin.*"
Sein Angebot begründet er damit, dass ihm die vielen Betriebe über den Kopf wachsen würden und er sich genötigt fühle, einen Betrieb abzustoßen.

Ich erbitte Bedenkzeit für uns. Als ich mich mit Ingrid später berate, ist sie überraschenderweise Feuer und Flamme.

Ausschlaggebend, dass wir zusagen, ist die Zahlungsmodalität, welche uns Herr Manker vorschlägt: die Kaufsumme, aufgeteilt auf 5 Wechsel, jeweils zahlbar zum Quartalsende. Außerdem geht er mit uns zu seiner Hausbank, um für uns einen Dispokredit einrichten zu lassen. Alles geht reibungslos über die Bühne. Nicht wirklich wissend, auf was wir uns da einlassen, mutiere ich vom Arbeitslosen zum Geschäftsmann. Wenn das keine Karriere ist…

Unsere erste Tätigkeit im neuen Geschäft besteht darin, alles gründlich zu reinigen. Und das ist auch bitter nötig. In einer kleinen Küche steht ein Kühlschrank, dessen Inhalt die besten Tage schon lange hinter sich hat. Hier wurden- nach offiziellem Feierabend – rauschende Feste gefeiert. Zuerst wurden in der angeschlossenen Sauna Aufgüsse gemacht, dann ließen sich die Gäste vom Masseur in dessen eigene Tasche massieren, um danach in der Küche die „*Wein-Weib-Gesang*"-Nummer zu zelebrieren.

Das alles wussten wir vorher nicht. Der Herr Manker wahrscheinlich schon, zumindest muss er es geahnt haben. Und das war wohl auch der Grund, warum er diesen Betrieb abstoßen wollte. Und dazu brauchte er einen Dummen. Und dieser Dumme war dann wohl ich bzw. Ingrid und ich.

Die Hausmeisterin der Anlage hat sich spontan anerboten uns behilflich zu sein. Von ihr wissen wir auch von den „*Feierlichkeiten*" nach Arbeitsschluss und warum die anderen Hausbewohner unseren Gruß nicht erwidern. Das wollen wir umgehend ändern. Frau Girtler, so heißt die Hausmeisterin, mit der wir auch schon beim Heurigen ums Eck waren, hat den anderen Hausbewohnern erzählt, was für liebe Leute wir sind und ich habe an den Fenstern eine Plastikfolie angebracht mit der Aufschrift „*Geschäfts-Neuübernahme*".

170

Wir haben zwar diese Hürde genommen, aber die nächste wartet schon. Ich sehe mich anfangs einer Mischung aus Misstrauen und Ablehnung gegenüber. Mein Glück dabei ist, dass ein Großteil der Kunden auf der Basis von Abonnements gebunden ist. Das sind verbilligte Zehnerblocks und die will keiner verfallen lassen. Ich habe also eine Art Galgenfrist, um die Kunden für mich zu gewinnen.

Ein wesentlich angenehmer Effekt der Geschäftsübernahme zeigt sich uns in den kommenden Wochen. Immer wieder geht die Türe auf und frühere Kunden, denen meine Folie „*Geschäfts-Neuübername*" aufgefallen ist, befriedigen ihre Neugier. Und so gewinnen wir alte, für uns neue Kunden dazu. Große Erleichterung kommt auf und die Hoffnung keimt, dass wir es irgendwie schaffen werden.

Vom Personal haben wir nur einen Masseur übernommen; der ist jedoch ein echter Gewinn. Anfänglich etwas reserviert, kommen wir uns langsam näher. Den zweiten Mann, der bisher mitgearbeitet hatte, haben wir nicht übernommen. Er war der Übeltäter, der die abendlichen Extratouren organisiert hat und sein Verhalten der saunierenden Damen gegenüber hatte einen leichten Beigeschmack. Seinetwegen hatten einige Gäste dem Massageinstitut den Rücken gekehrt.

Einige Monate sind ins Land gegangen und unser kleines Unternehmen fängt an sich zu mausern. Meine Arbeitszeit hat sich inzwischen ausgedehnt und liegt jetzt bei täglich zwölf Stunden, nur mit kleinen Pausen dazwischen. Nach Arbeitsende wird geduscht und dann geht es ab in das nahegelegene Heurigenlokal. Mit den Besitzern haben wir uns zwischenzeitlich angefreundet, und mit ihnen gehen wir nach der Sperrstunde ein paar Häuser weiter in ein Café, welches bis in der Früh offen hat. Das bedeutet viel Alkohol und wenig Schlaf. Das ist zwar im hohen Maße ungesund; aber es macht Spaß. Richtig viel Spaß.

Als mich Ingrid eines Morgens in Kenntnis darüber setzt, dass ihre Tage ausgeblieben sind und sie vermutet, dass sie schwanger ist, überströmt mich ein unglaubliches Glück. Ingrid ist der Mensch, der mir vor langer Zeit das größte Kompliment gemacht hat, als sie sagte, *„dass sie ein Kind mit mir haben wollte, wenn wir beide auf einer einsamen Insel wären.“*

Wir sind zwar auf keiner Insel; aber wir werden ein Kind miteinander haben. Und wir freuen uns darauf. Und Florian freut sich auf ein Geschwisterchen.

Es ist verrückt. Genau neun Monate nach unserer Hochzeit kommt Oskar auf die Welt. Er ist ganz eindeutig das Ergebnis unserer Hochzeitsnacht. Na sowas!

Oskar ist eine kleine Rabiatperle. Und das ziemlich von Anfang an. Als er schon sprechen kann, ist jedes zweite Wort *„haben“*. Alles, was in Reichweite seiner kleinen, flinken Finger ist, wird zum Objekt seiner Begierde. Alles gute Zureden, jedes strenge Wort prallt an ihm ab. Als wir an einem Sonntagnachmittag bei Kaffee und Kuchen sitzen, schlägt er wieder gnadenlos zu.

Er greift mit beiden Händen in die cremehaltigen Köstlichkeiten, um sie in seinen Mund zu stopfen.

Das ist der berühmte Tropfen, der das Fass zum Überlaufen bringt. Ich nehme ein Tortenstück und schiebe es ihm in seinen kleinen, gierigen Schlund, dass es ihm fast bei den Ohren wieder heraus kommt. Wissend, dass Gott alles sieht, hoffe ich, dass er gerade nicht her geschaut hat. Florian, sein großer Bruder, erlebt in diesem Augenblick einen Heiterkeitsausbruch und Ingrid schwankt zwischen Entsetzen und einem Lachen hin und her. Diese Aktion ist zur Nachahmung auf keinen Fall empfohlen. Aber dennoch; geholfen hat sie. Oskar hat fortan das Wort „*haben*" tunlichst vermieden.

Was er jedoch nicht abgelegt hat, das ist sein Dickkopf. Immer fest durch die Wand damit. Dabei weiß er klar zu unterscheiden, was er wo und mit wem machen kann und was nicht. Er teilt seine Mitmenschen in zwei Kategorien ein: die Unterjochbaren, ihm dienenden Personen und die Unbesiegbaren, ihm gefährlichen. Zur letzten Kategorie zählt er eindeutig mich. Wenn er wieder mal jemanden knechtet und er hört, dass ich im Anmarsch bin, dann setzt er sein charmantestes Lächeln auf und wirft es mir entgegen. Leider stimmt sein Timing nicht immer und dann hat er schlechte Karten bei seinem Herrn Papa...

Heute ist Maskenball für geladene Gäste beim Müllner Franz. Das ist ein Heurigenlokal in der Nähe, in welchem wir häufig verkehren und daher wurden wir auch eingeladen. Wir haben einen Tisch für vier Personen reservieren lassen. Erich und Magda, ein befreundetes Ehepaar, begleiten uns. Mit diesen beiden verbringen wir fast jede freie Minute.

Ingrid und ich haben uns inzwischen auseinander gelebt, ohne es zu bemerken. Gespräche zwischen uns finden kaum noch statt. Wann auch? Tagsüber arbeiten von früh bis spät und danach ab *„auf die Piste"*.

Eine junge Frau, die auf der kleinen Tanzfläche wie ein Derwisch herum wirbelt, erregt meine Aufmerksamkeit. Ihre Lebenslust sprüht Funken, die bis zu mir fliegen. Unsere Blicke treffen sich immer wieder und bleiben von Mal zu Mal länger haften. So bin ich auch nicht verwundert, als sie bei der aufgerufenen Damenwahl gezielt auf mich zusteuert. Wir tanzen eng umschlungen und ich habe kaum genug Worte, um zu schildern, was da gerade passiert.

Es ist ein längst abgestorbenes Gefühl, das mit einer Urgewalt zu neuem Leben erwacht. Meine Sehnsucht, die schon seit geraumer Zeit nur noch zu einem kleinen Häufchen Asche geworden zu sein schien, entfacht sich plötzlich zu neuer Glut und setzt sich fort in einem loderndes Feuer. Wir nehmen unsere Umgebung nicht mehr wahr, so als ob all die anderen Tanzenden und die Gäste an ihren Tischen erstarrt sind und nur Angelika und ich uns vergnügt im Tanze drehen.

Alle nachfolgenden Tanzrunden gehören Angelika und mir, und wir lassen keine davon aus. Es ist vier Uhr in der Früh, als Angelika sich von mir verabschieden will. Ich lasse es mir nicht nehmen sie mit dem Taxi nach Hause zu begleiten. Dort angekommen, bitte ich den Taxifahrer zu warten. Ein flüchtiger Kuss, eine innige Umarmung und eine Verabredung für den nächsten Tag. Dann lasse ich mich wieder zurück zu den anderen fahren. Ich lebe, ich schwebe, ich bin verliebt und ich weiß, was ich will. Ich will Angelika. Ich will sie unbedingt.

Heute ist Sonntag. Ich habe mich mit Angelika verabredet. Ich hole sie jedoch nicht von zuhause ab. Wir treffen uns in der Nähe einer U-Bahn-Station. Dann fahren wir in die Innenstadt. Wir flanieren über die Kärntnerstraße, gehen in ein Caféhaus und wir strahlen uns an. Angelika ist zwölf Jahre jünger als ich und sie ist wunderschön. Ich frage mich, warum gerade ich? Diesen Gedanken schicke ich gleich wieder weg. Ich könnte die ganze Welt umarmen; also mache ich das auch. Am frühen Abend fahren wir ein Stück außerhalb Wiens in ein Nobelrestaurant. Wir dinieren fürstlich und ich fühle mich auch wie ein Fürst.

Unsere Beziehung dauert jetzt schon zwei Monate und ich habe mich in dieser Zeit verändert. Ich habe fünf Kilo abgenommen und ich lege wieder Wert auf meine Kleidung. Der Bart ist auch ab, so als wolle ich demonstrieren, dass eine neue Ära für mich angebrochen ist. Durch Angelika lerne ich einige Szenelokale kennen. Ich fühle mich jung, so unbeschreiblich jung. Es ist erstaunlich, wie Ingrid mit der Situation umgeht.

Sie gibt sich völlig gelassen. Keine Szene, ja noch nicht einmal ein Wort des Vorwurfs kommt über ihre Lippen. Was ist das? Menschliche Größe, hingebungsvolle Liebe oder einfach nur die Überzeugung, dass diese Liaison keine Zukunft hat und dass ich mich gerade zum Affen mache?

Ist mir auch egal. Hauptsache Angelika und ich sind zusammen! Soll es dauern, solange es dauert. Dass es nicht für die Ewigkeit ist, ist mir voll bewusst. Das sage ich ihr auch. Ich bekunde ihr, dass ich die Zeit mir ihr genießen möchte und dass ich sie ziehen lassen werde, wenn eines Tages ihr Märchenprinz auftaucht. Sie will das nicht hören und doch weiß ich, dass es so kommen wird.

Es kommt jedoch ganz anders. Es ist nicht der Märchenprinz, der sie mir weg nimmt, es ist ihre ältere Schwester. Ich weiß nicht, was sie dazu bewegt. Ist sie vielleicht eifersüchtig oder wurde sie aufgehustet durch Menschen in meiner eigenen Umgebung. Ich gehe mit meinem Verhältnis zu Angelika völlig offen um und das stößt auf Unverständnis. Einer meiner Freunde spricht es direkt aus: *„Wenn man ein Verhältnis hat, dann macht man das heimlich, um die Familie nicht zu verletzen.“*

Aber das bin ich nicht. Ich spiele nicht mit gezinkten Karten. Dass das andere so handhaben, habe ich oft genug gehört und zum Teil sogar miterlebt. Es ist chic damit zu prahlen; schließlich ist man ja ein ganzer Kerl. Ich finde das jedoch nur erbärmlich und feige. Und ja, das ist natürlich bequem und es macht auch keine unnötigen Probleme.

Angelikas Schwester hat ihr Ziel erreicht. Wir haben uns getrennt. Das heißt, Angelika hat sich von mir getrennt. Sie ist sehr leicht zu beeinflussen und sie glaubt ihrem eigen Fleisch und Blut mehr als mir. All meine Beteuerungen haben nichts gebracht. Wir haben uns in einem Caféhaus getroffen und Angelika hat mir solch abstruse Geschichten erzählt, die über mich kursieren, dass ich dem nichts entgegen zu setzen hatte. Sie gab mir den Ring zurück, den ich ihr geschenkt hatte und damit ging eine Liebesgeschichte zu Ende, die mich so hoch gehoben hatte, dass jetzt ihr Sturz unsäglich schmerzt.

Als ich gehe, überfällt mich ein heftiger Weinkrampf, dass ich fast nichts mehr sehen kann. Ich drehe mich um und sehe Angelika in die andere Richtung entschwinden, ohne sich noch einmal umzudrehen. Ich hatte damit gerechnet, dass diese Liebe nicht für die Ewigkeit gemacht ist; aber nicht damit, dass sie nur so kurz dauern würde und auch nicht, dass es so sehr weh tut…

Vor eineinhalb Jahren habe ich meine Eltern nach Wien geholt und damit bewiesen, *„dass man einen alten Baum sehr wohl verpflanzen kann"*. Meine Eltern, das sind meine Mutter und ihre ältere Schwester, Tante Luise. Das war schon eine saftige Überraschung, als die beiden mir mitteilten, sie wollen nach Wien übersiedeln. Das war anlässlich eines Weihnachtsbesuches in Deutschland.

Jetzt leben und wohnen sie, nur ein paar Meter entfernt, in derselben Wohnanlage wie wir. Tante Luise hat sich sehr schnell assimiliert und kann ganz gut mit diversen Damen im Caféhaus um die Ecke, wo man sich gelegentlich nachmittäglich zusammen findet. Mutter tut sich nach wie vor sehr schwer. Sie leidet unter Heimweh. Gelegentlich Kartenabende lindern diesen Schmerz ein wenig. Gesundheitlich sind die beiden Damen etwas angeschlagen. Tante mehr als die Mutter. Umso überraschender kommt für uns alle der plötzliche Tod der Mutter.

Sie sitzt am frühen Abend mit Tante Luise vor dem Fernseher und schläft einfach ein. Wiederbelebungsbemühungen des herbei gerufenen Rettungsarztes sind zunächst erfolgreich; aber nur für eine kurze Weile. Auf dem Weg ins Krankenhaus stirbt die Mutter dann endgültig. Ich bin im Rettungswagen mitgefahren und ich bin erstaunlich ruhig und gefasst. Selbst jetzt, als ich im Taxi nach Hause fahre, fühle ich nichts. Auch Tante Luise bleibt ruhig, als ich ihr die Botschaft überbringe. Was ist da los? Wieso zerreißt es uns nicht? Ein von uns geliebter Mensch ist tot und wir bleiben völlig gelassen?

Als ich mich mit dem Vertreter der Kirche telefonisch in Verbindung setze, um ihn für die Beerdigung zu bestellen, fragt mich dieser, ob ich bestimmte Wünsche für die Zeremonie hätte. Ich verneine. Am übernächsten Tag ruft er mich an und fragt mich, über was er bei der Beerdigung sprechen solle. Ich antworte ihm, er möge bitte über die Liebe sprechen. Er fragt zurück, was genau ich denn damit meine. Ich wiederhole mich, er möge ganz einfach über die Liebe sprechen. Es gäbe ja genügend Stellen in der Bibel, die dieses Thema behandeln würden. Es folgt ein Schweigen und dann beendet der Bibelmann das Gespräch.

Die Beerdigung ist eine einzige Farce.
Der „*Pompfüneberer*"* ist sturzbetrunken. Er hält sich an seinem Stab fest, der ihn vor dem Hinfallen bewahrt und schwankt wie ein Schilfrohr im Wind hin und her. Und Hochwürden faselt über die Liebe wirres Zeug, dass ich an mich halten muss, nicht dazwischen zu fahren. Ingrid, die meine Unruhe bemerkt und meinen Gesichtsausdruck richtig deutet, hält mich fest bei der Hand, so als wolle sie mein Einschreiten verhindern. Dass ich es nicht mache, geschieht auch aus Rücksichtsnahme auf Tante Luise. Sie kann den Tod der Mutter nicht verwinden. Sie wirft ihr ständig vor, dass sie gestorben ist, ohne sich von ihr zu verabschieden. Das meint sie ebenso ernst wie ihr Versprechen am Sarg: „*Ich komme bald nach!*"

Dieses traurige Unvermögen des Kirchenmannes nährt meine Ablehnung gegenüber der Institution Kirche gewaltig. Wer sonst sollte berufen sein über die Liebe zureden, wenn nicht die Kirche? Ich hatte das Thema „*Liebe*" als Predigt gewählt, weil meine Mutter die personifizierte Liebe für mich war. Ich kann mir nicht vorstellen, dass ein Mensch mehr Liebe erfahren kann, als ich es durch meine Mutter erfahren habe. Ihre Liebe hat mich vom ersten Schrei an geprägt und wird mich bis zum letzten Atemzug prägen. Danke, Mutter!

* Pompfüneberer ist eine österreichische Mundartbezeichnung für einen Herrn im schwarzen Gewand mit einem langen Stab an der Hand. Das Original stammt aus dem französischen „pompes funèbres" und bedeutet Bestatter.

Tante Luise ist wie in Trance. Sie kann der Mutter nicht verzeihen, dass sie vor ihr gestorben ist, denn schließlich war sie ja jünger als die Tante und es hätte sich einfach gehört sich ordentlich zu verabschieden. Das ist skurril und ich mache erst gar nicht den Versuch sie davon abzubringen.

Wir beschäftigen die Tante so gut, wie es geht. Wir nehmen sie mit bei unseren Heurigenbesuchen und wir bitten Florian so viel wie möglich Zeit mit ihr zu verbringen. Sie sitzt die meiste Zeit vor ihrem geöffneten Küchenfenster, raucht ihre Zigaretten und schaut, ob nicht endlich der Tod vorbei käme.

Der Gesundheitszustand von Tante Luise hat sich rapid verschlechtert. Sie bekommt kaum noch Luft und sie hat sehr viel Gewicht verloren. Als ich sie wieder einmal am Abend besuche, kann ich sie überreden ins Krankenhaus zu gehen, um sich medikamentös neu einstellen zu lassen. Ich bringe sie noch am selben Abend dahin.

Wenige Tage später versichert mir die Ärztin, dass kein Grund zur Sorge vorläge. Man hätte die Tante neu eingestellt und sie könne schon bald das Krankenhaus wieder verlassen. Ich bin beruhigt.

Am nächsten Tag werde ich angerufen, um mir mitzuteilen, dass die Tante in der Nacht verstorben sei. Wie ist das möglich? Ich verstehe das nicht. Ich will spontan ins Krankenhaus fahren, um die Ärztin zur Rede zu stellen, verwerfe aber sogleich den Gedanken. Die Mutter war fünfundsiebzig, als sie gestorben ist und die Tante war kurz vor ihrem Achtziger. Und sie hatte der

Mutter ja versprochen, dass sie ihr bald nachfolgen würde. Sie hat ihr Versprechen gehalten. Fast auf den Tag genau, ein Vierteljahr später.

Die Beziehung zu Ingrid wird immer problematischer. Ihre Aussetzer nehmen zu. Als wir gestern spät vom Heurigen nach Hause gekommen sind, hat sie die Stereoanlage im Schlafzimmer auf volle Lautstärke gedreht. Es war schon nach Mitternacht und die Schlafenden über uns müssen aus ihren Betten gefallen sein. Es waren ja doch 100 Watt, welche nach oben gedrungen sind. Ich habe die Anlage ausgeschaltet und Ingrid hat sie wieder eingeschaltet. Das ging so lange hin und her, bis ich sie so stark angefaucht habe, dass sie es unterlassen hat.

Ein anderes Mal hat sie völlig grundlos die Bedienung beim Heurigen angegiftet, wofür ich mich hinterher, begleitet von einem ordentlichen Trinkgeld, bei der Bedienung entschuldigt habe. Wenn ich Ingrid – nach solchen Ausfällen - dann zur Rede stelle, bekomme ich zur Antwort: *„Es kommt ganz plötzlich über mich und ich kann nichts dagegen tun“.*
Während sie das sagt, überfällt sie ein heftiger Weinkrampf. So etwas kann man nicht spielen. Das ist erschütternde Wirklichkeit.

Ich kann nicht sagen, ob mir dieses Verhalten der letzten Tage, Wochen, Monate in die Karten spielt, aber es hilft mir einen Entschluss in die Tat umzusetzen, mit dem ich Ingrid immer wieder gedroht habe. Ich hatte ihr vor langer Zeit schon gesagt, dass ich sie verlassen würde, sollte sie ihre Gemütsausbrüche nicht in den Griff bekommen. Ich würde dies aber keinesfalls tun, solange Mutter und Tante Luise am Leben wären. Jetzt, da beide tot sind, setze ich meinen Entschluss um. Ich suche mir eine Wohnung. Ich will wieder frei sein.

Eine bezahlbare Wohnung zu finden ist nicht ganz einfach; aber ich habe Glück. Nicht allzu weit entfernt von unserem Institut besichtige ich eine kleine Zwei-zimmer-Wohnung mit Küche und Bad. Ein Fliesenleger ist gerade dabei die Küche fertig zu fließen. Ich bin überrascht, dass die Miete nicht sehr hoch ist und ich unterschreibe noch an Ort und Stelle den Mietvertrag.

In solchen Angelegenheiten sollte der Verstand über das Herz dominieren. Wäre es bei mir doch nur so gewesen. Als ich mir die Wohnung später genauer ansehe, um die Maße zu notieren, fällt mir etwas auf, was ich nicht so toll finde. Das WC ist auf dem Gang und ich muss es mit meiner Nachbarin, einer älteren Dame teilen. Das ist nicht schön, das ist überhaupt nicht schön. Diesen Zustand will ich unbedingt ändern. Ich setze mich sofort mit der Hausverwaltung in Verbindung und frage, ob ich mir ein WC in die Wohnung einbauen lassen kann und darf. Beides wird bejaht, bedeutet es doch eine Aufwertung der Wohnung auf meine Kosten.

Mit Ingrid habe ich ausgemacht, dass ich weiterhin um acht Uhr in der Früh auf der Matte stehen werde. Und da ich in der Regel bis acht Uhr am Abend arbeite, wird mich Oskar nicht vermissen. Bei Florian ist das etwas Anderes. Als wir ihm gemeinsam von meinem Auszug erzählt haben, weint er. Wir haben doch einige

Jahre miteinander verbracht und ich bin in dieser Zeit mehr sein Vater gewesen als sein leiblicher, der sich nie um ihn gekümmert hat.

Die Wochenenden verbringe ich überwiegend mit Ingrid und Oskar. Wir essen zusammen und wir machen Ausflüge wie eine ganz normale Familie. Eltern –halt nur mit verschiedenen Wohnadressen. Das geht eine Weile ganz gut; aber nur eine Weile. Obwohl ich weiter mit Ingrid zusammen arbeite und obwohl ich – nach wie vor – das Geschäft führe und die Buchhaltung mache, genügt es Ingrid nicht. Es kommt, wie es kommen muss. Ingrids Sticheleien geben irgendwann den Ausschlag, dass ich das Handtuch werfe.

Jetzt heißt es schnell handeln. Ich gründe mein eigenes Unternehmen. Zuvor frage ich noch einige meiner Massagekunden, ob sie willig wären mir zu folgen. Ich suche mir diese Personen gezielt aus und ich mache das in einem kleinen Rahmen. Ich habe kein Interesse daran Ingrid zu ruinieren. Würde ich alle diejenigen fragen, die ich über Jahre betreut habe und würden nur Zweidrittel mitgehen, wäre Ingrids Existenz ernsthaft bedroht.

Ich habe Flyer drucken und durch die Post verteilen lassen. Es dauert einige Zeit, bis aus dem nahen Umfeld meiner Wohnadresse neue Kunden anklopfen. Das Messingschild am Hauseingang wird erfreulicher Weise auch von einigen Leuten wahrgenommen und so komme ich ganz gut über die Runden. Die früheren Zeiten der 60-Stunden-Wochen sind jetzt nur noch Vergangenheit.

Heute ist Sonntag und herrliches Badewetter. Ich fahre auf die „*Rinne*". Richtigerweise heißt es „*Entlastungsgerinne Neue Donau*". Es ist ein 21 Kilometer langes, parallel zur Donau verlaufendes künstliches Gewässer, welches als Entlastungsgewässer für den Hochwasserschutz konzipiert wurde. Ein kleiner Teil davon ist FKK-Gelände und wird von der Bevölkerung gern genutzt. Auch ich bin ein „*Nacktbader*" und Sonnenanbeter und gehe seit vielen Jahren dort hin.

Hier habe ich Muse nachzudenken und an Sonntagen meine Samstagabende auszuschlafen, die wieder einmal viel zu alkohollastig gewesen sind. Ich hatte mir mein neues Leben nicht so vorgestellt, wie es gerade verläuft. Unter der Woche ist alles prima. Ich habe meine Arbeit, die mich voll befriedigt und zufriedene Massagekunden, die mir das entsprechende Feedback geben. Aber am Wochenende fällt mir die Decke auf den Kopf. Ich kann nicht gut allein sein. Das war schon immer so und wird es auch bleiben. Das muss ich dringend ändern.

Seit kurzem habe ich eine weitere Kundin dazu gewonnen. Sie heißt Marianne, ist schätzungsweise in meinem Alter und arbeitet als Chefsekretärin in einem multinationalen Konzern. Ich wurde ihr von einer Freundin und Nachbarin empfohlen, die schon lange zu mir kommt.

Marianne ist groß, schlank, hat Modelmaße und sehr ladylike. Während der Massage kommen wir ins Gespräch und ich bemerke eine kräftige Portion Intellekt an ihr. Damit hebt sie sich stark von den anderen Damen ab, die mich besuchen. Ich überlege, ob ich sie vielleicht einmal einladen sollte, verwerfe den Gedanken aber wieder. So eine tolle und interessante Frau lebt sicher nicht allein.

Umso überraschter bin ich, als mich ihre Freundin, anlässlich einer Massage, fragt, ob ich nicht Lust hätte am Abend mit zum Heurigen zu gehen. Marianne wäre auch dabei. Ohne lange nachzudenken, nehme ich gerne an.

Als ich am Abend dann den beiden Damen gegenüber sitze, bin ich stark verunsichert. Erstens hätte ich erwartet, dass Kristina, so heißt die Freundin von Marianne, in männlicher Begleitung käme und zweitens komme ich mit der Situation nicht wirklich zurecht. Es entsteht eine krampfhafte Unterhaltung und auf die Frage, was das alles soll, kann ich keine Antwort finden.

Als Kristina beim Aufbruch vorschlägt bei ihr in der Wohnung noch eine Flasche Sekt zu trinken, kneife ich. Mit *„ich muss ja noch fahren und morgen muss ich früh raus"* ziehe ich mich elegant aus der Affäre.

Beim Verabschieden habe ich den Eindruck, dass Marianne die ganze Angelegenheit peinlich ist. Aber vielleicht täusche ich mich auch. Für mich ist die Sache auf jeden Fall erledigt und eine Wiederholung ausgeschlossen.

Ein weiterer von vielen endlosen Sonntagen ist zu Ende und ich bette mein müdes und von Kopfweh beladenes Haupt zur Ruhe. Zuviel Alkohol und zu viel

Nikotin hinterlassen ihre Spuren. Ich bin jetzt schon ein halbes Jahr weg von der Familie und noch immer allein. Das muss sich wirklich bald ändern.

Ist es der Restalkohol, der noch in meinem geschundenen Körper herum geistert oder ein Akt der Verzweiflung; ich weiß es nicht. Auf jeden Fall greife ich zum Telefon und wähle Mariannes Nummer. Ich habe von all meinen Massagekunden sowohl Privat- als auch Geschäftsnummer. Es ist sieben Uhr in der Früh und es ist Montagmorgen. Ich habe die Privatnummer gewählt und tatsächlich, Marianne ist noch zuhause.

„Marianne Tschirner, grüß Gott", meldet sich Mariannes Stimme in einem leicht überraschten Tonfall. Kein Wunder bei der Uhrzeit.

„Guten Morgen, hier spricht Ihr Masseur", versuche ich ganz entspannt zu wirken. Das wirkt nicht wirklich, denn von entspannt sein bin ich so weit entfernt wie die Erde zum Mond.

„Hätten Sie Lust mit mir zu frühstücken?"
„Das geht nicht; ich muss gleich ins Büro."
„Nehmen Sie doch einfach frei!"
„Das erlaubt mir mein Chef auf keinen Fall; schon gar nicht an einem Montag."
„Wie wollen Sie das wissen? Sie haben ihn ja noch gar nicht gefragt."

Ich komme immer besser in Fahrt. Der Alkohol von gestern Nacht wirkt scheinbar noch immer. Wie sonst könnte ich gerade eben dieses Gespräch führen.

„Tut mir leid; aber das hätte keinen Sinn."

„So werden Sie aber nie erfahren, wie es gewesen wäre heute mit mir zu frühstücken", lege ich nach. *"Fragen Sie ihn doch ganz einfach; fragen kostet ja nichts."*

„Na gut, ich versuch `s."

„Danke! Ich ruf Sie in fünf Minuten wieder an."

„In Ordnung, bis gleich."

Ich schaue auf die Uhr und zähle die Minuten. Es ist unglaublich, wie lange fünf Minuten sind.

„Marianne Tschirner…"

„Ich bin `s"*, falle ich ihr ins Wort, *„hat `s geklappt?"

„Ja, es ist unglaublich, mein Chef hat mir tatsächlich freigegeben."

„Das ist toll; ich darf Sie also gleich erwarten?"

„Ja, ich ziehe mich nur noch schnell um und dann fahre ich los."

„O happy day!"

Die Sonne scheint und ich bekomme gleich Damenbesuch. Jetzt heißt es eilig einkaufen gehen. Im nahe gelegenen Supermarkt kaufe ich Orangen, Lachs, Käse, Schinken und Semmeln. Eine Flasche Sekt habe ich immer vorsorglich eingekühlt. Dann decke ich einen bombastischen Frühstückstisch. Nur wenig später läutet es. Marianne, bzw. Frau Tschirner ist da. Noch sind wir ja per *„Sie"*.

Marianne trägt eine Caprihose, eine duftige Bluse und einen lustigen Sonnenhut. Nach einer kurzen, aufgeregten Begrüßung machen wir uns über das lukullische Angebot her. Zuvor stoßen wir jedoch mit einem Glas Sekt auf das näher bringende *„Du"* an.

„Hättest du Lust mit mir später auf die Rinne zum Baden zu fahren?", frage ich beiläufig.

„Grundsätzlich gern; aber ich habe kein Badegewand bei mir."

„Das ist kein Problem; dort gibt es einen FKK-Strand. Ich war schon einige Mal dort, er ist sehr schön."

Das ist jetzt wohl die Zerreißprobe für eine äußerst junge Beziehung. Sagt Marianne *„JA"*, habe ich gewonnen. Hält sie mich für einen Lustmolch und sagt *„NEIN"*, habe ich es vergeigt.

„Von mir aus gern", sagt Marianne zu meiner großen Erleichterung. Und dann wenden wir uns mit einer großen Hingabe weiter dem Frühstück zu.

Draußen ist es inzwischen immer dunkler geworden. Ein Gewitter zieht auf. Und es dauert auch nicht mehr lange, bis die ersten Blitze, von heftigem Donner begleitet, hernieder zucken. Ob das die Strafe für mein allzu forsches Vorgehen ist? Ich hoffe nicht und bringe es auch sogleich zum Ausdruck.

„Das ist nur eine vorüber gehende Sache; es wird gleich aufhören", mache ich mir selbst Mut. Nach einer halben Stunde fechten mich doch ernsthafte Zweifel an.

„Ich habe ein tolles Video aufgenommen. Sollen wir uns das anschauen?

„Ja, bitte. Was ist das denn für ein Film?"

„Mein Name ist Nobody mit Terence Hill und Henry Fonda", antworte ich wahrheitsgemäß, *„ein lustiger Italowestern."*

Ich lege die Kassette in den Videorecorder und dann widmen wir uns dem Film. Zwischendurch schaue ich immer wieder hinaus und was ich sehe, stimmt nicht gerade hoffnungsfroh. Das Gewitter hat sich zwar verzogen; aber von Schönwetter keine Spur. Das hat sich auch am Ende des Films nicht geändert.

„Wollen wir los?" frage ich Marianne.
„Wohin denn?", fragt Marianne ganz erstaunt.
„Na auf die Rinne", antworte ich mit einer Selbstverständlichkeit, die schon an Arroganz grenzt.
„Bei dem Wetter?"

Marianne muss in diesem Augenblick an meinem Verstand zweifeln; zeigt dies aber nicht.

Jetzt packe ich den Stier bei den Hörnern:
„Du wirst sehen, bis wir dort sind, ist die Sonne längst wieder heraußen."
„Wenn du meinst", gibt mir Marianne mit einem Lächeln zurück, *„dann fahren wir."*

Die Fahrt zur Rinne dauert bei guten Verkehrsverhältnissen etwa eine knappe dreiviertel Stunde. Nach der Hälfte der Strecke geschieht ein Wunder. Die Sonne durchbricht den grauen Wolkenschleier und schenkt uns ihr schönstes Lächeln. Lieber Petrus, du bist mir ein echter Freund; danke!
Als wir ankommen, ist das Gras schon ziemlich abgetrocknet und wir können die Liegedecke ausbreiten. Der Strand ist ziemlich menschenleer, denn welcher vernünftige Mensch fährt bei einem solchen Wetter schon zum Baden. Und außerdem ist ja Montag.
Wir ziehen uns aus und ich sehe Marianne zum ersten Mal nackt. Und was ich da sehe, gefällt mir ziemlich gut. Wir reiben einander mit Sonnenschutzöl ein und das gefällt mir ebenfalls ziemlich gut. Und einen gewissen

189

Körperteil muss ich zur Ordnung rufen, bevor er zu übermütig wird.

Wir gehen ins Wasser und schwimmen auf die andere Seite. Wer noch nie nackt gebadet hat, weiß gar nicht, was er versäumt. Es ist nicht nur das Stück Stoff, welches nicht am Körper klebt, es ist ein Gefühl. Es ist das Gefühl von frei sein und es ist herrlich.

Auf der anderen Seite angekommen, setzen wir uns auf die Steintreppe, welche ins Wasser führt. Ich halte Marianne mit beiden Armen fest umschlungen. In diesem magischen Augenblick verschmelzen unsere Seelen. Und am selben Abend tun das auch unsere Körper.

Nach knapp einer Woche zieht Marianne bei mir ein. Es ist unbeschreiblich schön, mit welcher Selbstverständlichkeit das geschieht. Es ist so, als wäre es undenkbar, dass wir diesen Schritt nicht vollziehen. Diese Aktion ist frei von jedem Zweifel und bedarf überhaupt keiner Diskussion. Wir sind eines Sinns. Marianne und ich leben zusammen und wir leben „*in Sünde*"; denn noch bin ich mit Ingrid verheiratet. Dass dies der Fall ist, ist mir gar nicht bewusst.

Unter der Woche sind wir in ein Tagesablauf-Korsett gezwängt. Marianne geht früh aus dem Haus und fährt ins Büro und ich beginne meine Arbeit in der Wohnung. Dazu müssen wir jeweils am Vorabend „*Möbelrücken*" veranstalten. Alle privaten Möbelstücke werden ins angrenzende Schlafzimmer geschoben und Vorhänge für Massagekabine und Umkleide werden aufgehängt.

190

Und am Abend das Ganze in umgekehrter Reihenfolge. Das klappt ganz gut und ist der Beweis, dass *„Platz in der kleinsten Hütte ist".*

Da meine Arbeitszeit meist erst gegen 20:00 Uhr endet, fahren wir in der warmen Jahreszeit unter der Woche manchmal direkt nach Arbeitsschluss zu irgendeinem Heurigen vor die Tore Wiens. Am Wochenende geht es ab auf die Rinne, wo alles begonnen hat. Dort bleiben wir bis zum frühen Nachmittag und dann geht es ebenfalls zum Heurigen. Wir genießen das sehr, denn wir sind beide Wein- und Heurigenliebhaber.

Der Sommer geht zu Ende und wir sind rundherum glücklich und zufrieden. Ich bin daher überrascht, als mich Marianne eines Tages fragt, ob ich mich nicht von Ingrid scheiden lassen wolle. Das kommt überraschend, denn es war für mich bisher keine Überlegung. Aber ja, warum eigentlich nicht. Dass meine Zukunft Marianne und mir gehört, steht außer Frage. Also werde ich diesen Schritt gehen.

Ingrid ist von der Eröffnung meines Vorhabens nicht gerade begeistert. Als ich ihr jedoch den Vorschlag mache, dass ich weder auf unsere gemeinsame Firma noch auf unser Auto Anspruch erhebe, stimmt sie einer einvernehmlichen Scheidung zu. Sie lässt durch einen Anwalt die nötigen Papiere erstellen und wir treffen uns bei einem Notar, um die Verträge zu verifizieren. Der Vollzug der Scheidung ist danach nur noch eine Formalität.

Jetzt bin ich wirklich frei für die Frau, die ich liebe und mit der ich alt werden möchte. Ich mache ihr einen Antrag, wie es sich gebührt, und Marianne nimmt ihn an. Wir legen unsere Hochzeit auf den Tag fest, an dem wir zum ersten Mal gemeinsam gefrühstückt haben; eben nur ein Jahr später.

Unsere beiden Trauzeugen sind die einzigen, die von unserem Vorhaben wissen. Wir haben sie und ein paar liebe Freunde für den frühen Abend zum Heurigen eingeladen, um unser *„Einjähriges"* zu feiern. Entsprechend groß ist die Überraschung, als wir die Bombe platzen lassen.

„Darf ich euch meine frisch angetraute Ehefrau vorstellen", lauten die magischen Worte, welche das Geheimnis offenbaren. Nach einem kurzen Staunen werden wir von allen herzlich beglückwünscht.

Jetzt wird gefeiert bei Stelzen, Schnitzeln und verschiedenen Salaten. Später kommen dann noch diverse Aufstriche und Gebäck dazu. Und natürlich Wein, viel Wein.

Der Abend klingt bei uns zuhause aus. Da gibt es dann noch Kaffee und Torte. Einer unserer Freunde hat eine Torte backen lassen mit der aufdressierten *„EINS"* für unser *„Einjähriges Bestehen"*. Und zum Nachspülen gibt es *„Moet et Chandon"*, unseren Lieblingschampagner.
Das Wandern ist eine von vielen Gemeinsamkeiten, die wir beide teilen. Eine ganz besondere Tour unterneh-

men wir in unserem Urlaub in Aflenz. Ich steige mit Marianne auf den Hochschwab.

Vom Bodenbauer ausgehend, steigen wir durch das G`hackte, vorbei an der Biwakschachtel auf den Gipfel. Dann hinunter zum Schiestelhaus. Nach einer kurzen Rast steigen wir wieder ein Stück hinauf, wandern über den Rauchtalsattel und die Hundsböden und steigen hinab zum Gasthaus Bodenbauer.

Diese Tour ist normalerweise eine Zweitagestour. Wir meistern sie an einem Tag und Marianne muss an ihre Grenzen gehen. Ich bin sehr stolz und auch erleichtert, als wir wieder im Tal sind. Zur Belohnung gibt es ein gemeinsames Wannenbad und danach ein ausgiebiges Abendessen. Die größte Belohnung ist jedoch das zeitige Aufsuchen unserer Betten. Wir schlafen in dieser Nacht wie die Murmeltiere.

Die restlichen Tage unseres Urlaubs verbringen wir mit dem täglichen Besuch des Freibads und kleineren Ausflügen in die nähere Umgebung.

Sechs Jahre Ehe haben ihre Spuren bei mir hinterlassen. Marianne ist eine fantastische Köchin und ich bin ein prima Futterverwerter. Als mich am Morgen eine dreistellige Zahl auf der Waage böse anschaut, beschließe ich etwas dagegen zu unternehmen.

Marianne hat vor unserer Zeit regelmäßig Tennis gespielt. Ich kannte diesen Sport nur vom Fernsehen, was ich jedoch immer mit großem Interesse verfolgt habe.

Jetzt wende ich mich dieser sportlichen Betätigung in aktiver Form zu. Dadurch, dass ich in jungen Jahren Tischtennis und Handball gespielt habe, ist mir ein gewisses Ballgefühl eigen.

Ich nehme Trainerstunden und schon bald stellen sich erste Erfolge ein. Und dann passiert es: ich besiege meinen Schatz. Nacktes Entsetzen ist die Folge. Das kann nicht angehen, dass ein „Rookie" einen „alten Hasen" schlägt. Skandal!

Marianne tut sich schwer in diesem Augenblick. Sie mag nicht gern verlieren. Aber wer mag das schon? Problematisch wird die Situation, weil Emotionen ins Spielen kommen. Zur Enttäuschung mischen sich Wut und Tränen. Ich gehe vor zum Netz und bitte Marianne dasselbe zu tun. Dann sage ich etwas zu ihr, was wie ein Zaubermittel wirkt:

„Du sagst zu mir, dass du mich liebst, und dann missgönnst du mir den Sieg?"

Diese Worte schlagen ein wie ein Blitz. Und sie zeigen Wirkung. Marianne ist sicher nicht perfekt; das ist niemand. Was aber ganz sicher keine ihrer Charaktereigenschaften ist, das ist Missgunst. Sie erkennt in diesem Augenblick die Quintessenz meiner Worte und von Stund an vergönnen wir einander jeden Sieg und tragen eine Niederlage mit Fassung und Anstand.

Es ist wieder einer dieser wunderbaren Sonntage, der mit ausgiebigem Frühstück beginnt, der sich mit zwei Stunden Tennis am frühen Nachmittag in der Halle fortsetzt und mit einem Heurigenbesuch seinen wunderbaren Abschluss findet.

Der Heurige, den wir besuchen hat ein rechteckiges Stüberl mit zwei Sitzreihen, hin zur Wand angeordnet mit einem Mittelgang. Wir sitzen an einem Tisch einander gegenüber, direkt am Mittelgang.

Heute ist ein besonderer Sonntag. In Perchtoldsdorf, so der Name der Gemeinde, ist Bürgermeisterwahl. Wir haben schon gespeist und sind am Ende unserer zweiten Bouteille angelangt, als der wiedergewählte Herr Bürgermeister mit Gefolge den Raum betritt.

Er begrüßt die ihm bekannten Einheimischen per Handschlag und ist in bester Stimmung. Als er bei uns ankommt, reitet mich der Teufel. Ich setze ein breites Grinsen auf, winke mit meiner Hand in gönnerhafter Pose, und lasse ein kräftiges „Hallo!" über die Lippen gleiten. Marianne erstarrt.
Der Herr Bürgermeister hält inne, legt seine Stirn in Falten, sucht dahinter krampfhaft nach Antworten; kann aber keine finden. Nach einem Moment der Unsicherheit, streckt er mir seine Hand entgegen und lächelt verbindlich. Ich ergreife seine Hand, lächle ebenso verbindlich zurück und beende das Schauspiel mit einem „Herzlichen Glückwunsch!" Obwohl ich den Wahlausgang nicht kenne, kann ich das unbedenklich tun, denn es gab keinen einzigen Gegenkandidaten.

Marianne ist sichtlich erleichtert, als der wiedergewählte Ortsvorsteher seine Gratulationstour fortsetzt und zu den nächsten Tischen geht. Offen gestanden bin ich es auch. Das war schon ein Husarenritt erster Güte. Es ist interessant, welche Kräfte der Alkohol im Menschen frei setzen kann. Bei mir sind es, Gott sei Dank, immer nur jene der lustigen Art.

Die Bedienung kommt an den Tisch und fragt, ob wir noch eine weitere Bouteille konsumieren möchte.
„An und für sich sehr gerne", antworte ich, *„aber ich habe nicht genug Geld bei mir. Wenn wir Tennis spielen gehen, nehme ich immer nur wenig Geld mit; denn leider wird in den Umkleidekabinen oft gestohlen."*

„Das ist überhaupt kein Problem", kontert die nette Bedienung, *„bringen Sie mir das Geld halt beim nächsten Mal."*
„Aber Sie kennen uns doch überhaupt nicht."
„Ich weiß trotzdem, dass ich mein Geld von Ihnen bekommen werde."

Jetzt sitze ich in der Klemme. Ich habe vollmundig gesagt, dass ich gerne noch eine Bouteille ordern würde, wenn ich genügend Geld bei mir hätte. Dieses Argument wurde jedoch gerade eben entkräftet.
„Also gut", höre ich mich sagen, *„dann bringen Sie uns bitte noch eine!"*

Jetzt hat mich schon wieder der Teufel geritten. Zwei Stunden Tennis laugen den Körper ganz schön aus und der Alkohol hat leichtes Spiel, um sich optimal zu entfalten.

Als wir den Heurigen verlassen und ins Freie treten, ist das in beeindruckender Weise nachzuempfinden. Wir haben mit einem heftigen Seitenwind zu kämpfen, der jedoch nur virtueller Natur ist. Ich bin froh, als wir in unserem Auto sitzen. Und noch mehr froh bin ich, als wir wohlbehalten zuhause ankommen. Das war ein denkwürdiger Sonntag, der seinen Abschluss in der vorverlegten Nachtruhe findet.

Ich habe schon vor geraumer Zeit bei der Hausverwaltung hinterlegt, dass ich gerne eine zweite Wohnung hätte, um meine Massagepraxis auszulagern. Jetzt hat es endlich geklappt. Ich bekomme eine Wohnung, nur einen Halbstock tiefer gelegen. Das ist optimal, und der Schnitt der Wohnung ist es auch.

Vom Vorzimmer gehen vier Türen weg. Eine in ein WC, eine in ein Badezimmer mit Dusche, eine in einen großen Raum, in dem ich zwei Kabinen einrichten kann, und eine in ein kleines Zimmer für mein Büro. Unsere Wohnung oben ist jetzt endlich eine echte Wohnung, in welcher wir kochen können, wann immer wir das wollen. Das war bisher nicht möglich, weil die Küche offen war und weil Kochgerüche nicht wirklich in eine Massagepraxis gehören.

Es ist das verflixte siebente Jahr, über welches ich schon zweimal gestolpert bin. Und es greift auch dieses Mal wieder nach mir. Es ist verrückt. Marianne ist eine Frau, die keine Wünsche offen lässt und die ganz sicher nicht verdient, dass man sie verletzt. Und ich mache es trotzdem.
Sie heißt Betty und kommt seit einiger Zeit zur Massage. Es funkt sofort zwischen uns beiden. Am Anfang sind

197

es nur Turteleien; aber ich will mehr. Ich richte mein Büro als Liebeslaube her. Ein Bett und ein Fernseher haben neben Schreibtisch und Aktenschrank gerade noch Platz. Und ein kleiner Tisch vor dem Fenster geht sich auch noch aus.

Marianne verhält sich in dieser Phase übermenschlich. Sie erduldet, dass ich nach dem Abendessen hinunter in mein neu geschaffenes Domizil gehe, immer in der Hoffnung, dass es Betty gelegentlich mit mir teilen wird. Diese Hoffnung erfüllt sich nicht.
Betty hat in ihrem Urlaub auf Cuba einen Einheimischen kennen und lieben gelernt. Das versetzt mich zurück in die zweite Reihe. Sie weicht fortan meinen Avancen aus und irgendwann kommt sie auch nicht mehr.

Der Herbst ist eine Jahreszeit, die einen eigenen Reiz besitzt. Marianne und ich wandern am Wochenende durch den Lainzer Tiergarten. Das ist ein riesiges Naturschutzgebiet und beliebtes Ausflugsziel der Wiener.

Das Rascheln der Blätter, das Rauschen der Bäume und die Farbenpracht der Natur versetzen den Besucher in eine eigene Stimmung. Der morbide Charme dieser Jahreszeit legt sich auch über die Gedanken der Menschen.

Ich gehe Hand in Hand mit Marianne und wir wandern schweigsam durch die Natur. In all der Zeit meiner Extrawege haben wir einander nie verloren. Es war auch nie der Wunsch in mir Marianne zu verlassen und es war auch nicht eine abhanden gekommene Liebe, die mich ausbrechen ließ. Es war ein innerer Drang, der mich leitete, und den zu erklären ich nicht imstande bin. Und Marianne hat sich in dieser Zeit keinen Millimeter von mir entfernt. Mein Platz in ihrem Herzen blieb unverändert.

Das Gasthaus Hirschgstemm liegt inmitten des Naturschutzgebietes. Wir setzen uns in den Gastgarten und genießen eine Jause.

Wir haben nie über meinen dummen, kurzen Ausbruch geredet; aber heute ist mir danach. Marianne hört mir geduldig zu und lässt meine unbeholfenen Erklärungsversuche wohlwollend und verständnisvoll über sich ergehen. Kein Wort des Vorwurfs geht über ihre Lippen, und mir wird in diesem Augenblick wieder einmal mehr bewusst, was für ein Juwel mir vom Schicksal an die Seite gegeben wurde…

Spätherbst

Seither sind viele Jahre vergangen und ich bin mit meiner geliebten Marianne im letzten Lebensabschnitt angekommen. Es ist uns wohl bewusst, dass wir jetzt zur Generation *„Knocking on heavens door"* gehören; aber es schreckt uns nicht. Wir hatten so viele gemeinsame Jahre, die von höchster Qualität waren und wir sind von Herzen dankbar dafür. Jedes Jahr, das jetzt noch folgt, ist eine Zugabe.

Da fällt mir noch etwas ein...

Man sagt, wenn man ein bestimmtes Alter erreicht hat, sucht einen die Altersmilde heim. Das mag im Bezug auf die Beziehung von Großeltern und Enkelkindern stimmen, aber nicht generell. Ich bin noch auf der Suche nach diesem Schatz. Meiner unmaßgeblichen Meinung nach gibt es zwei Kategorien der Spezies „*Homo sapiens*". Diese Bezeichnung ist ja schon in sich ein völliger Blödsinn, heißt es doch übersetzt „*der weise, wissende Mensch*".

Kategorie 1 - die Kopfschüssler: Sie gehen in die Kraftkammer, stählern ihren Kadaver und verstümmeln die deutsche Sprache. „*He Alter, guckst du, gehst du zur Tanke, holst du Alk und dann lass uns chillen*". Der alte Herr Geheimrat, nebst seinen honorigen Kollegen, die einst die deutsche Sprache als ein hohes Gut gepflegt haben, rotieren in ihren Gräbern.

Kategorie 2 – die Esoterikjünger: Obwohl Esoterik aus dem griechischen „*esoteros*" abgeleitet ist und nichts anderes bedeutet als „*das innere, innerliche, verborgene Wissen*" bedeutet, glauben diese Menschen auf Seminaren und mit diversen Hilfsmitteln, wie Ketten, Armbänder, Steinen etc. ihr Heil zu finden. Diese Menschen sind mir im hohen Maße suspekt und ich bin bemüht sie weiträumig zu umgehen.

Wenn all diese Menschen, anstatt ihre Körper mit Muskelmasse ihr Gehirn mit Wissen anfüllen würden und wenn jene, die mit „*Omram*" die Erleuchtung suchen, sich dem tatsächlichen Leben widmen würden, wäre wohl vieles anders in unserer Welt.

Vielleicht gäbe es dann noch eine dritte Kategorie, nämlich solche Menschen, die mit Respekt und Achtung und liebevollem Umgang ihren Mitmenschen gegenüber in Eigenverantwortung ihr Leben meistern und die Bezeichnung „*Homo sapiens*" verdienen würden.

Aber dazu müssten sich Politiker, gleichwohl wie die Kirche auf ihre eigentliche Aufgabe besinnen. Sie müssten zu den Vorbildern werden, die sie nie waren und niemals sein werden.

Soviel zum Thema „*Altersmilde*". Mag sein, dass ich ein Fantast bin; aber ich bin sicher, dass vieles besser sein könnte, wenn die Politiker und die Kirche…

Aber was soll `s? Es sind halt eben auch nur Menschen…
Ein lieber, ältere Kollege hatte einen Spruch auf Lager, der mir im Gedächtnis haften geblieben ist:

„Mein lieber Herr, Sie haben recht,
die Welt ist ganz erbärmlich schlecht.
Ein jeder Mensch ein Bösewicht,
nur Sie und ich natürlich nicht!"

So lebe ich denn weiterhin in der Hoffnung, dass sich irgendwann eine solche dritte Kategorie bilden und mehren wird.

Winter

Brief an Solveig

Hallo Sonni!

Ich schreibe Dir heute einen weiteren Brief, von dem ich weiß, dass Du ihn nicht lesen wirst. Zu oft habe ich es probiert, ohne ein Echo von Dir zu erhalten. Ich schreibe ihn trotzdem. Ich schreibe ihn für mich selbst.

Liebe Solveig, ich möchte Dir danken für sieben gemeinsame Jahre, für unsere gemeinsamen Kinder und dafür, dass Du nicht nur eine gute Ehefrau warst, sonder auch eine tolle Mutter. Ich bin mir wohl bewusst, dass meine Erziehungsmaßnahmen nicht immer Deine Zustimmung gefunden haben; aber Du hast Dich nie gegen mich gestellt. Wir hatten das Glück oder auch das Pech, dass unsere gemeinsamen Jahre in die „Flower-Power-Zeit" gefallen sind, in der alles erlaubt und nichts verboten war. Das Naschen an fremden Früchten war weder anrüchig noch unmoralisch. „Make love, not war" und „All my need is love" hieß die Devise. Und der sind wir gerne nachgekommen.

Das entschuldigt jedoch keineswegs mein Verhalten Dir und den Kindern gegenüber; aber es lässt es milder erscheinen. Ich habe die Entwicklung unserer Kinder immer aus der Ferne verfolgt und es hat mich mit großer Freude erfüllt zu sehen, was aus ihnen geworden ist. Jetzt da sich die Endlichkeit des Lebens uns immer deutlicher vor Augen führt, ist es an der Zeit sich auszusöhnen und Frieden zu schließen mit der Vergangenheit. Ich bin dazu bereit; sei Du es bitte auch! Ich bitte Dich und unsere gemeinsamen Kinder um Verzeihung und ich bereue, dass ich meinen Zwängen, meinem Egoismus und meiner Lieblosigkeit gefolgt bin.

Brief an Ingrid

Ma Bijou!

Ich hoffe, es geht Dir und den Kindern gut. Nach unserem letzen Treffen vor ein paar Jahren glaubte ich, dass wir uns ausgesöhnt hätten. Nachdem Du jedoch danach auf meine Billets (Geburtstag, Ostern, Weihnachten) nie reagiert hast, werden Zweifel in mir wach. Sitzt der Stachel des Verletztseins doch tiefer als geglaubt?

So schreibe ich Dir ein weiteres Mal, in der Hoffnung, dass dieser Brief Dich erreicht und das meine ich nicht nur physisch. Ich habe mein Leben aus der Erinnerung an mir vorüber ziehen lassen und vieles erkannt, was mir zum echten Zeitpunkt der Geschehnisse verborgen geblieben war. Ich kann nicht ausschließen, dass ich es damals vielleicht gar nicht sehen gewollt hätte.

Bedingt durch unsere gemeinsame Arbeit, die den größten Zeitanteil unseres damaligen Tagesablaufs für sich beansprucht hat, blieb zu wenig bis gar keine Zeit für ein echtes Familienleben. Unter der Woche von sieben Uhr in der Früh bis oft nach acht Uhr am Abend arbeiten und danach der verdiente und wohl auch geliebte Heurigenbesuch und am Wochenende Reinigungsarbeiten im Institut und in der Sauna. Wo sollte da noch Zeit für ein intaktes Familienleben übrig sein?

Dass unsere Beziehung auseinander gebrochen ist, haben wir wohl beide zu verantworten. Der Vorwurf, den ich mir mache, besteht darin, dass ich zu wenig Geduld hatte, mit Verständnis und Liebe auf Dich einzuwirken.
Als ich Dich kennen lernte, habe ich so vieles an Dir geschätzt und geliebt. Es war Dein Umgang mit Florian

und es war Dein wunderbares Lachen. Und es waren Deine Prioritäten. Dieselben, die ich später in Frage gestellt habe. Ist das nicht verrückt? Es mag wohl auch daran liegen, dass wir Menschen einem ständigen Wandel unterzogen sind und dass sich Wertigkeiten, im Laufe eines langen Lebens, verändern können. Zumindest für mich nehme ich das in Anspruch.

Liebe Ingrid, „*As Time Goes By*", wie es im Film „*Casablanca*" heißt. Unsere gemeinsame Zeit liegt jetzt schon bald dreißig Jahre zurück und ich möchte sie nicht missen. Es war eine aufregende Zeit mit vielen Höhen und Tiefen. Und es war eine Zeit, die ich mit vielen schönen Erinnerungen verbinde. Ich wünschte mir, Du könntest das auch. Ich möchte mich für die vielen schönen Momente bedanken und für meine Ungeduld entschuldigen, und ich hoffe, dass wir uns vielleicht in nächster Zeit wieder einmal begegnen werden. Das wäre schön.

Brief an Marianne

Liebe Nanni!

Dir gilt mein letzter und liebster Brief, weil ich das große Glück habe ihn Dir persönlich überreichen zu können.

Auch noch nach fast dreißig Jahren leben und wohnen wir gemeinsam und glauben noch immer an denselben Gott. Ist das nicht herrlich?

Unser Glauben an diesen Gott war ein wichtiger, wenn nicht der wichtigste Bestandteil unserer so wunderbaren Lebensgemeinschaft. Er hat uns viele Türen geöffnet und immer wieder gemacht, dass das Wasser bergauf fließt.

Ich werde es wohl nie begreifen, dass mir das Schicksal mit Deiner Person ein solch außergewöhnliches Geschenk gemacht hat, das ich – nach meinem Ermessen – keinesfalls verdient habe. Ich habe durch Dich erfahren dürfen, was hingebungsvolle, bedingungslose Liebe vermag. Du bist der einzige Mensch, den ich kenne, der nicht imstande ist einen anderen Menschen zu hassen. Ich habe unser Lebensschifflein vor vielen Jahren einmal in Schieflage gebracht und mit Deiner Hilfe, Deinem Verständnis und Deiner Liebe haben wir es vor dem Untergang gerettet.

Ich danke Dir heute noch einmal dafür, denn ohne Dich wäre mein Leben nicht annähernd so reich. Ich verneige mich vor Deiner Größe und ich hoffe, ich kann Dir für den Rest der Zeit, die uns das Leben noch lässt, ein liebevoller adäquater Begleiter sein.

Mitteilung an Mutter und Tante Luise

Hallo Charli, hallo Mausi!

Ich nehme an, Ihr verfolgt meine Schreiberei und Ihr lest auch die Briefe, welche ich an meine drei Ehefrauen geschrieben habe. Und Ihr habt sicher auch bemerkt, dass nicht alles empirisch dargestellt ist. Aber ich glaube, dass das so in Ordnung geht, wie ich Euch kenne. Und Ihr kennt mich ja auch ganz gut, oder?

Ich begrüße Euch jeden Morgen nach dem Aufstehen und ich wünsche Euch an jedem Abend eine gute Nacht, wenn ich schlafen gehe. Ich meine natürlich das Bild von Euch, das über meinem Bette hängt. Dank Mariannes Hilfe habe ich gelernt mir selbst zu verzeihen, dass ich Euch gegenüber zu egoistisch war. Bereuen tue ich es immer noch, und das ist wohl auch gut so.

Es ist schade, dass Ihr meine Liebste nicht mehr kennen lernen durftet. Sie wäre Eure erste Wahl gewesen. Dir, liebe Mutter, wäre sie eine Unterstützung gewesen im Kampf gegen den Schabernack, den Du oft durch Mausi und mich erdulden musstest. Und Dir, liebe Mausi, hätte sie mit ihren Kochkünsten Freude bereitet. So bleibt Euch nur noch die Teilnahme an unserem Leben aus „*höherer Warte*".

Ich möchte Euch danken für all Eure Liebe, Euer Verständnis und für Euer Verzeihen. Und ich bitte Euch, nehmt Marianne auf als „*Dritte im Bunde meiner Lebensmenschen*".